시와소금 테마시집

발

시와소금 시인선 · 099

테마시집

발

시와소금

시와소금, 소금시집 판매

* 2013년 테마 _ **소금**　　* 2014년 테마 _ **술**
* 2015년 테마 _ **혀**　　* 2016년 테마 _ **살**
* 2017년 테마 _ **귀**　　* 2018년 테마 _ **눈**

권당 12,000원 판매(택배비 포함)
(입금계좌: 국민은행 231401-04-145670)
※입금 후 주문한 내용과 책 받을 주소를 알려주세요.

시와소금　• 24436 강원도 춘천시 충혼길20번길 4, 시와소금　|　☎ (02)766-1195, 010-5211-1195
• 전자주소: sisogum@hanmail.net　|　다음카페: http://cafe.daum.net/poemundertree

이 시대의 서정이 살아있는 시, 새로운 상상력과 이미지를 추구하는 시를 발굴하고 소개하는 《시와소금》에서는 올해도 소금시 앤솔로지를 펴냅니다. 2013년엔 〈소금〉을, 2014년엔 〈숨〉을, 2015년엔 〈혀〉를, 2016년엔 〈살〉을, 2017년엔 〈귀〉를, 2018년엔 〈눈〉을 테마로 소금시를 엮은 바 있습니다.

올해의 소금시 엔솔로지의 테마는 우리 몸의 이동수단인 소중한 〈발〉로 삼았습니다.

188명의 시인이 제 나름대로 발의 존재와 가치, 또한 발로 인해 빚어지는 삶의 내력들을 진솔하게 짚어주셨습니다. 각자의 개성적인 표현을 통해 살아서 움직인다는 것의 소중함을 새삼 깨닫게 해주었습니다.

이제, 시를 사랑하는 분들 앞에 『소금시-발』을 자랑스럽게 선보입니다. 이 시집에 수록된 작품들을 통해서 서로 소통하는 환한 세상이 만들어졌으면 좋겠습니다.

이 화사한 봄날, 건필을 기원드립니다. 고맙습니다.

소금시집발간위원회

| 차례 |

| 소금시 — 발 을 펴내면서 |

ㄱ-1

ㄱ-2

ㄱ-1

강동수 강영은 강영환 고현수
공광규 구재기 권영상 권정남
권정희 권혁수 권현수 김광규
김규동 김남극 김덕남 김도향
김동호 김미아 김 선 김선아
김성조 김성호 김송포

소금시
발

강
동
수

신발

나의 발이 신발을 많이 끌고 다녔다
한 번도 가보지 않은 길을 갈 때면
주저하는 신발을 달래며
배회하던 골목길
신발의 문양을 따라가면 잊혀진
지난 시간들이 새겨져 있다
이제는 상갓집 문 앞에 뒹굴던 신발들 속에서
한참을 헤매던 나의 이력들이
지금은 돌아와 고양이처럼 얌전히 앉아
내 방문을 지키고 있다

누워있는 저 신발이 목숨을 버리기까지
아니 저 신발이 내 발을 끌고 다니기까지
내 이력은 끝나지 않으리라는 생각
어제 다녀온 그곳에서 몸 없는 몸으로
절을 받지 않으리라는 생각이 문득 드는
이 저녁에
한쪽으로 기울어진 구두 뒤축처럼
쓸쓸하게 낡아가는 내 이력이여

강동수 _ 2008년 《시와산문》 등단. 시집으로 〈누란으로 가는 길〉 〈기억의 유적지〉 〈사라지는 것들에 대하여〉가 있음. 구상솟대문학상 대상. 국민일보 신춘문예 신앙시 공모 당선. 한국문화예술위원회 창작기금 수혜(2015, 2016, 2018).

소금시
발

누 gnu*

강
영
은

먹이를 찾아가는
수백만 마리의 누 떼가 대평원을 흔들며 달리고 있다
떡 벌어진 어깨와 드럼통 같은 몸뚱어리를
가느다란 발목이 받치고 있다
사방에서 조여 오는 먹이사슬, 날카로운 이빨에
맞서는 것은 가을풍거리는 발목뿐이지만
끊어지면 다시 이어지는 그 가느다란 끈이
서로의 발자국을 묶어주면서
쿨이 무성한 우기로 대평원을 운반한다
구르고 나뒹굴며 생의 행간을 지나는 길
누가, 누가 되지 않고 지나갈 수 있을 것인가,
긴 문장을 완성하는 누 떼의 행렬 사이
누에게 길을 묻는 햇빛의 발자국이
간간이 섞인다

* 누[gnu] : 아프리카에서 서식하는 거대한 영양.

강영은 _ 2000년 《미네르바》 등단. 시집으로 〈녹색비단구렁이〉 〈상냥한 시론詩論〉 외. 한국시문학상, 한국문협작가상, 아르코창작기금, 세종우수도서, 출판진흥원 우수콘텐츠 선정

나의 왼발

강
영
환

오른발이 먼저 가고 그 뒤를 따른다
앞서가고 싶은 마음이야 없을까만
그런 속내도 드러내지 못하는 왼발은
외출을 위해 신발을 신거나
온탕에 들어설 때도 습관처럼 밀렸다
험하거나 진 데가 아니더라도 왼발을 먼저 놓는 때면
어김없이 넘어지거나 부딪혀 몸에 상처가 났다
왼발은 천덕꾸러기로 마구 굴러서
무좀도 생기고 새끼발톱도 찌그러진 채다
내세울 일 하나 없는 나의 왼발은
주눅 들어 3밀리쯤 작아졌다
서 있을 땐 모르지만 걸을 때는 기울어져
세상도 3밀리쯤 왼편으로 기울어졌다 펴졌다
대접받지 못하는 나의 좌측처럼
오른발 꽁무니에 붙어 밖에 나서도 얼굴이 없다
죽어 다시 태어날 때는 그래도
냄새나는 오른발보다는 낫지 않을까 생각한다

강영환 _ 경남 산청 출생. 1977년 동아일보 신춘문예로 등단. 1979년 《현대문학》 시 천료. 1980년 동아일보 신춘문예 시조 당선. 시집으로 〈붉은 색들〉 〈술과 함께〉 외 26권. 이주홍 문학상, 부산작가상 등 수상.

엄마의 발바닥을 보았다

소금시
발

고
현
수

세월의 이끼가 검푸른 발등을 지나
야위어 거친 엄마의 발바닥을
발바닥 아래에서 본다
하얗게 그늘진 두 발 발바닥엔
한 생애의 길들을 이어 길을 잇고
깊은 계곡의 메아리가 들려오고
들판의 바람을 흔들었던
억새의 몸짓이 있다
숨겨져 있어 보이지 않는 미소,
드러내지 않는 세월의 위로는
드러난 것을 품고 깊게 깊어져 있다
세숫대야에 담긴 엄마의 발을
두 손에 올려 발바닥을 본다
하얗게 바래져 버린 발바닥 지도엔
세상의 눈물을 담은 시간의 길들이
긴 시간의 생을 길게 이어놓고 있다

고현수 _ 2002년 《강원일보》 신춘문예 등단. 시집으로 〈흰 뼈 같은 사랑〉 〈하늘 편지〉 〈포옹〉과 산문집
으로 〈선물〉이 있음.

공
광
규

아름다운 책

어느 해 나는
아름다운 책 한 권을 읽었다

도서관이 아니라 거리에서
책상이 아니라 식당에서
동산로에서
영화관에서
노래방에서
찻집에서

잡지 같은 사람을
소설 같은 사람을
시집 같은 사람을
한 장 한 장 맛있게 넘겼다
아름다운 표지와 내용을 가진 책이었다

체온이 묻어나는 책장을
눈으로 읽고
혀로 넘기고
두 발로 밑줄을 그었다

책은 서점이나 도서관에만 있는 게 아닐 것이다

최고의 독서는 경전이나 명작이 아닐 것이다

사람 ,
참 아름다운 책 한 권

공광규 _ 1986년 월간 《동서문학》 등단. 시집 〈소주병〉 〈담장을 허물다〉 〈파주에게〉 등.

내 발은

나는 지금
걷고 있는 길 위에,
바로 이 자리에 서 있다
어디로 가는 것이 아니다
무엇을 하려는 것도 아니다
다만 나는 내 발로 돌아가
내 발을 잊고 있을 뿐이다
내 길을 가는데
얼마나 내 발을 생각하였던가
갈 길의 생각은 넘쳤으나
바람을 가르는 내 발은
본 적이 없다
내 발은 거리만큼 작아지고
갈 길만큼 뜨거워지는, 거리만큼
차가워지는 내 발은 조금씩
나로부터 멀어지고 있다
내 발은 대자대비한 게 아니다

나는 지금 내 발을 밟고 꼿꼿이 서 있다

구재기 _ 충남 서천 출생. 1978년 《현대시학》 등단. 시집으로 〈휘어진 가지〉 외 다수와 시선집으로 〈구름은 무게를 버리며 간다〉 등이 있음. 충남도문화상, 시예술상본상, 충남시협본상, 한남문인상, 석초문학상 등 수상. 충남문인협회장 및 충남시인협회장 역임. 현재 40여년의 교직에서 물러나 〈산애재蒜艾齋〉에서 야생화를 가꾸며 살고 있음.

발

발은 별을 생각할 줄 모른다.
꽃과 그림을 감상할 줄 모른다.

발은 항상
낮은 곳을 살아

푸른 바다를 그리워하거나
솔개가 뜨는 하늘을 꿈꿀 줄 모른다.

그러면서도 발은
온통 생각에 빠져있는 나를 데리고

복잡한 골목을 걸어
우뚝 대문 앞에 선다.

권영상 _ 1979년 강원일보 신춘문예 등단. 동시집으로 〈구방아, 목욕가자〉 〈엄마와 털실뭉치〉 〈아, 너였구나〉 외 다수. 세종아동문학상, 소천아동문학상 등 수상.

권
정
남

허공에 탑을 쌓다

중국 기예단 소녀들이
공중묘기를 부린다
불나방처럼 나풀 대더니
발끝으로 허공에 상형 문자를
썼다가 지우고
추상화 한 폭을 그려 놓더니
나팔꽃처럼 줄을 감고 오르다가
출렁, 허공을 건너뛴다
휘파람과 박수로 환호하는 관중들
미끈거리는 몸 꽃뱀이듯
능소화처럼 얼굴을 늘어뜨린
꽃잎 같은 소녀들
수직 허리를 곧추 세우며
다시, 줄에 발을 걸치더니
층층 허공에 탑을 쌓고 있다

권정남 _ 1987년 《시와의식》(시), 2015년 《현대수필》 수필 등단. 시집으로 《속초 바람》 외 3권, 수필집
으로 《겨울 비선대에서》가 있음. 강원문학상 외 다수 수상. 한국문인협회, 강원문인협회, 강원여성문학인
회, 속초문인협회 회원.

발

어디를 향해가든 발이 항상 먼저다
내딛는 걸음마다 꽃처럼 아련해도
바닥을 딛고 나가는
혼불이 묻어있다

온 세상 흘러 다니다 겨우 오는 것들은
끈끈한 어린 발들의 눈물일까, 기억일까
스미는 기적도 없이 다가선다, 맨발이다

막무가내로 달려드는
잎 무성한 슬픔들

표연히 수장되는 깊고 푸른 겨울밤

멀리서 걸어 나오는
달이 발을 내민다

권정희 _ 2015년 《시와소금》 신인상으로 등단. 시집으로 〈별은 눈물로 뜬다〉가 있음. 천강문학상 시조
대상 수상. 현 광진문협 사무차장.

목발

권
혁
수

아파트단지 쓰레기더미에 목발 하나 버려져 있다
누군가의 불편한 다리가 되어
함께 걸었을지 모르는
길이 끝나 있다

솜이불 보따리와 시든 조화弔花, 발신인을 알 수 없는 편지들,
접힌 얼굴 펼쳐진 몇 권의 잡지들과
쓰레기 수거 트럭에 실리는 목발

흔들리는 길 흔들리는 트럭
쓰레기 산山이 뒤집히며 목발이 일어선다
곧게 허리 펴고 몸을 꽂는다
쓰레기 더미 속으로
깊이, 더 깊이

어깨 걸던 검고 두툼한 손잡이 붕대 풀려
만장輓章처럼 펄럭인다
쓰레기 수거 트럭에 실려 가는
목발이 지탱했을 어떤 불편한 생生

가야 할 길이
눈발 속에 아득하다

권혁수 _ 2002년 《미네르바》 등단. 1981 강원일보 신춘문예 소설 당선. 시집으로 《빵나무 아래》 《얼굴
말자전거》가 있음. 2009년 서울문화재단 젊은예술가 지원 선정.

돌아보지 마

얼룩고양이 길고양이
밤길을 건너간다
돌아보며
돌아보며

발자국마다 고인
시간의 흔적을
어둠의 깊이를
돌아보며
겨울밤을 건너간다

돌아보지 마

권현수 _ 2003년 《불교문예》 신인상 등단. 시집으로 《칼라차크라》 《고비사막 은하수》가 있음. 현재 계간 《불교문예》 편집위원.

착한 두 발

영화나 연극이나 오페라 보면서
두세 시간 객석에 앉았노라면
참으로 오래간만에 양쪽 발도
보행의 노고를 벗어나
모처럼 안식을 누린다
적어도 예술을 감상하는 동안이라도
마음 놓고 쉬게 하자
쉴 틈 없이 신발 신겨 부려먹으면서
착한 두 발 주물러주지는 못할망정
육신의 프롤레타리아라고
눈길조차 주지 않고 업신여기지 말자
흔히 손보다 앞서 나가면서도
악수 한 번 못해보고
언제나 당나귀처럼 순종하는
두 발 씻겨주지는 못할망정
그냥 내버려 두기라도 하자
다행하게도 발을 다치지 않은
오늘 같은 날은

김광규 _ 1941년 서울 출생. 서울대 독문과 및 동 대학원 졸업(문학박사). 1975년 계간 《문학과 지성》 등단. 시집으로 《우리를 적시는 마지막 꿈》《시간의 부드러운 손》《오른 손이 아픈 날》 등 11권. 시선집으로 《희미한 옛사랑의 그림자》《누군가를 위하여》《안개의 나라》와 산문집 《육성과 가성》《천천히 올라가는 계단》 등. 김수영문학상, 편운문학상, 대산문학상, 이산문학상, 독일예술원의 프리드리히 군돌프상, 정지용문학상 등 수상. 현재 한양대 명예교수.

흔적

소금시
발

김
규
동

밟고 온 길
7할은 누가 볼까 애간장

비켜온 길
3할은 부끄럼과 몰염치

가야할
삐뚜름한 길
얼렁뚱땅
나답게

김규동 _ 영월 출생. 2002년 《한국문인》 등단. 시집으로 〈전어〉 〈꼴갑〉이 있음.

김
남
극

발

링거에 섞인 몰핀의 양으로
남은 시간을 아는 아버지
표백제 냄새만 남은 이불 밑으로
발이 쑥 나왔다
만져본다
싸늘하다
탱탱하게 부었다
엄지로 꾹 눌러본다
자국이 낙인으로 남았다

누구나 걸어다녔던 시절을 살아왔다 구절리에서 여량까지
늑골까지 차는 눈을 차며 걷기도 했고 수하에서 왕산 대기리
까지 철쭉꽃 빛깔로 따라오는 처자를 데리고 걷기도 했고 번
천에서 하장까지 조팝나무꽃 진 길로 땡볕에 밥이 그리운 처
자식을 데리고 걷기도 했고 진부에서 나전까지 벼랑에 단풍처
럼 꿈적거리고 타오르는 것들 달래고 쥐어박으며 동면을 준비
하려 걷기도 했다

길의 흔적은 발바닥 두께로만 남아
목욕물에 불어 편마암처럼 일어나던 뒤꿈치가
조용하다
맬갛다
핏줄도 사그라들었다

세 달 땅을 떠난 발
하늘을 쳐다보며
하늘로 가기 전 쌓인 것 모두 돌려주려는지
뒤꿈치가 팽팽하다

흙을 주어 주무른다
탱탱하다
젊은 날 꿈처럼 탱탱해져 저 혼자

김남극 _ 강원 봉평 출생. 2003년 《유심》 등단. 시집으로 〈하룻밤 돌배나무 아래서 잤다〉 〈너무 멀리 왔다〉가 있음. 현재 봉평고등학교 재직

발가락에게

김
덕
남

접질린 생의 관절 함부로 자라난다
진창에 빠졌는가 한쪽으로 닳은 신발
물집도 자주 터지면 제 울음 듣지 못해

혹으로 머리 내민 네가 왠지 부끄러워
목욕탕 돌바닥에 긁고 온 길 같아대다
물불도 가리지 않고 절룩인 줄 모르고

피는 꽃 꺾으려고 별빛만 바라보다
뼈와 뼈 엮는 사설 듣지 못한 청맹과니
녹찻물 따끈히 우려 너의 외롬 씻는다

김덕남 _ 2011년 국제신문 신춘문예 당선. 시조집으로 〈젖꽃판〉 〈변산바람꽃〉과 현대시조 100인선 〈봄
탓이로다〉가 있음. 시조시학 젊은시인상, 한국시조시인협회 올해의 시조집 상 및 신인상 수상.

세족洗足

동진 출가한 아들 찾을 길 모색하다가 골골이 박힌 절집들을 순례하기로 결심한 노모, 동쪽으로 서쪽으로 절이라 이름 붙여진 곳은 어디나 찾아가서 대중 스님들의 발을 씻어 드렸다 눈밭에 얼어 터진 발을, 모래밭에 깎인 발을, 가시밭에 찔린 상처를 어루만져 드렸다 죽기 전에 꼭 한번 만져봐야겠다는 염원을 앞을 못 보는 눈먼 새의 형벌로 다가오고 남쪽 절에 발 딛는 순간 한발 앞서 떠나가고 북쪽 절에 당도한 순간 눈앞에서 바람인 듯 스쳐 지나가고 꼬물꼬물 발길질하던 태줏의 발, 아장아장 꼰들꼰들 이불깃에 넘어지던 발, 민숭민숭 뽀득뽀득 청무 같은 발, 꿈속에서라도 씻겨 드리고 싶어 꿈을 꾸었지만 술래잡기는 아득하고 귀뚜라미 더듬이 촉각으로 살무사 긴 혓바닥의 미각으로 머리카락 끝에서 발톱 끝까지 온몸의 육감으로 촉수를 높였지만, 팔도강산 절 절마다 베네짓 젖비린내 발은 잡을 수가 없었다 아득한 산자락의 제비집 같은 암자 떠나면서 들은 풍문, 눈먼 새 한 마리가 어린 새끼 새 한 마리 찾아 순례하다가 이생에서의 연은 다 틀렸나 보다 저 생에서나 다시 만날지, 감을 수 없는 눈을 꼭 감고 가셨다 하네

김도향

김도향 _ 2017년 《시와소금》 신인상 당선으로 등단. 시집으로 《와각을 위하여》가 있음.

소금시

발

김
동
호

한발 한 발 — 통일로

발이 자꾸 갑니다 북녘으로 갑니다
끊어진 길일지라도 한사코 가고 갑니다
두 발로 가다 못 가면 마음으로 갑니다

물 흘러가고 가듯 길 내며 가고 가면
물길이 일리듯이 발길도 얼리겠지요
그 길이 가야 할 길이라서 한 발 한 발 내딛습니다

김동호 _ 2018년 《유심》 신인문학상 당선으로 등단.

소금시

발

어여 가자

어여 가자
어여 가자

엄지발가락이 다 보이게
구멍이 뻥 뚫린 양말을 신고

어여 가자
어여 가자

요양병원 밖을 향해
환하게 웃으며

어여 가자
어여 가자

할아버지, 우리집 기억나요?
대답은 없고

어여 가자
어여 가자

김
미
아

김미아 _ 전남 장흥 출생. 광주대학교 문예창작학과 졸업. 2019년 《시와소금》 신인상 동시 등단. 2000년 광주일보 신춘문예 동화 당선. 현재 도서관 글쓰기 강사, 어린이도서연구회 옛이야기 강사로 활동 중이며 아이들에게 논술지도를 하고 있음.

김
선

올레 걷기

오른발 검지 발톱 새까맣게 변했다
올레길 따라 걷고 생겨난 명예의 훈장
몇 개를 완주해야만 하얀 속살 나올까

길 따라 걷다 보니 생겨난 마음의 힘
해냈던 길 위에서 물음표를 느낌표로
바람도 내 편인가 봐, 등 뒤에서 밀어준다

▲ 제주 올레길, 해안 절경

김 선 _ 본명 김선화. 2016년 《시와소금》 가을호 신인상 시조 등단. 젊은시조문학회 사무국장.

발

오늘도 살얼음 같은 삶
바닥 쳐 보지만
비껴갈 수 없네
정복처럼 일어나는 작은 풀 한 포기도
이미 땅 위를 다 하고 누운
주검까지도
짓밟고 지나가야 하는 숙명의 발

빌꿈치마나 흰 꽃을 피우며
조문하고 간다
조문하다 지치면
돌아와 발라내는 그렇한 땀 누런 말들
수돗물 틀어 놓고
수북하게 쏟아 낸다
생멸을 밟고 온 발이
맨발로 속죄하고 있다

김
선
아

김선아 _ 2007년 《문학공간》 등단. 시집으로 〈비 내리는 바다〉 〈문신을 읽다〉 〈가고 오는 것에 대하여〉
가 있음. 부산여성문학인협회 이사장. 계간 《여기》 발행인 및 편집인. 부산여성문학상 수상.

김
성
조

발

자면서도 가지런히 신발 신고 있다
한 꿈을 뒤척이면
또 한 새벽이 일어서서
문밖을 나서고 있다

시침니부가 흰 눈을 뒤집어쓰고
불면의 겨울 뜰을 서성일 때도
가만가만 발소리를 죽이며
여기 있노라 울음 설레곤 한다

저 홀로 길을 떠나 아직도
돌아오지 않은 반란의 발들도 있다
젖은 풀잎 사이 폭풍의 바다를 유영하던
몇 포기 구름의 푸른 마디들

꽃잎처럼 가볍고
천둥처럼 무거운
경건한 눈빛의 걸음들
이월 매화 향기 속에 걸려있다

김성조 _ 1993년 《자유문학》 등단. 2013년 《미네르바》 평론 등단. 시집으로 〈그늘이 깊어야 향기도 그
윽하다〉 〈새들은 길을 버리고〉 〈영웅을 기다리며〉가 있음.

꽃 걸음

김
성
호

저 억만 송이 꽃잎은
나풀나풀 공중제비 꿈꾸다 날개를 잃고
흐느적흐느적 바람길 타고 어디로 갈까?

억겁 순간의 흔들림
동움발의 꿈 향훈을 머금고
사위 가득 화사초롱 밝히는가?

방긋방긋 뜨락에서 들녘으로
궁창에서 계곡, 언덕을 지나 능선에도
간망의 꽃불 모람모람 피워 올린다.

꽃술 부르트면 벌 나비 불러와
꽃샘을 머금었다 더듬이로 실어가며
한껏 입맞춤해도 꽃잎을 잠그지 않는다.

햇살이 따가우면 파르르 양 날개를 떨 뿐
소나기 쏟아져도 꽃대를 퉁기면서 흥얼거릴 뿐
태풍이 휘몰아쳐도 후둑후둑 비틀걸음 떠나갈 뿐.

김성호 _ 2002년 《현대시》 등단. 1994년 《시조문학》 시조 등단. 시집으로 〈소리의 하늘〉 〈소리의 여행〉
〈보도블록에 깃든 숨결〉 〈연약함이 강함을 용서한다〉가 있음. 비평서로 〈한국대표명시선 해설〉이 있음.

발가락이 햇살을 물때

김
송
포

가장 못생긴 신체 중에 기둥을 받쳐 주는 모퉁잇돌이 숨어 있다

어두운 곳에서 축축하다 외쳐 봐도 더운 곳에 뜨겁다고 소리 질러도 무게를 감당하며 일으켜 세워준다

골목길에서 차가운 시멘트에 발가락 오므린 신발창이 뜯어져 물집이 터졌다

봄에는 발등에 볕뉘를 불러 비좁은 틈을 쪼이고, 여름엔 슬리퍼 사이로 고개를 내밀어
자식과 떨어져 사는 엄지의 서러움을 대신 아파해 준다

강아지 눈 뜨는 날, 작은 숨구멍으로
햇볕을 바라보는 발이 모서리 진 곳으로 자꾸 꼬물거릴 때
허리를 펴 본다

구석진 곳에서 햇살에 씻긴 발처럼 나도 볕이 들 수 있을까

김송포 _ 2013년 《시문학》 등단. 시집으로 《부탁해요 곡절 씨》 외. 푸른시학상 수상. 현 《성남FM방송》 진행자.

ㄱ-2

김수복　김순실　김양숙　김영삼

김영재　김완수　김완하　김유진

김인구　김인육　김일연　김임백

김임순　김재천　김정미　김종원

김지헌　김진광　김택희　김현숙

김현지　김효정

새기다

냇물 위를 새가
발자국을 새기고 날아간다
오금이 저리는지
심장이 쩌릿쩌릿하나
오랜 아주 오랜 말 한 마디의
바른 강물은 다시 일어나
먼 당신에게로 가서 저녁 바다가 되겠지

김수복 _ 1975년 《한국문학》 등단. 시집으로 〈지리산 타령〉 〈새를 기다리며〉 〈외박〉 〈하늘 우체국〉 〈밤
하늘이 시를 쓰다〉 〈슬픔이 환해지다〉 등. 현재 단국대 문예창작과 교수.

흙을 디디네

발바닥이 보석인 줄 모르고 혹사했더니
드디어 탈이 났네

딱딱한 시멘트 내 발바닥 견디질 못해
흙길 찾아 두리번대지만 밟을 흙 귀해

아픈 발바닥 받아주는 국사봉 산책길
이제 흙에 가까이 갈 때가 됐다는 건지
흙이 이렇게나 반가워

흙에서 나서 흙으로 가는
내 마지막을 받아줄 흙

숲의 공기를 뜨개질하는 정령들은
흙속에 깃들어 아픈 발바닥 쓰다듬네
어서 오라 반겨주네

저 깊은 곳 생명 품은 메아리 되어

김
순
실

김순실 _ 1998년 강원일보 신춘문예 등단. 시집으로 〈고래와 한 물에서 놀았던 영혼〉〈숨 쉬는 계단〉〈누가 저쪽 물가로 나를 데려다 놓았는지〉가 있음.

김
양
숙

무지외반증*

그대를 따라가다 그림자를 놓치고서야 오랫동안 디뎠던 어둠이 그대였음을 알았다 엄지발가락에 힘을 주며 견뎠던 어둠의 집 어둠은 뜨거운 불과 닮아 디딜 때마다 매번 화상을 입었다 화상을 입으며 안쪽으로 휘어지는 엄지발가락 안으로 휜다는 것은 외로움의 표현방식이었다

그대의 말이 초원을 뒹굴며 발자국을 찍었다 말의 발자국도 안으로 휘었다 바람도 초원에 말뚝 대신 제 상처를 새겼다 바람의 상처도 안으로 휘었다

외로움을 견딘다는 것은 기울기가 다른 저울 위에 올라 수평을 유지하는 일과 같아서 출렁거릴 때마다 엄지발가락에 힘을 주었다 그럴 때마다 더 안쪽으로 휘어지는 엄지발가락 어둠의 시간은 저 혼자 저물어 밤은 낮으로 얼굴을 바꾸고 낮은 밤으로 배경을 바꾸었다

그대를 지우고 나면 내가 남는 것이 아니라 나 또한 지워진다는 바람과 물의 말이 가슴을 관통했다 그대가 마지막으로 남긴 상처가 굳어져 뼈가 될 때까지 휘어지는 엄지발가락을 그냥 두기로 했다

* 무지외반증 : 엄지발가락이 두 번째 발가락으로 휘어지며 통증을 유발하는 증상.

김양숙 _ 제주출생. 1990년 《문학과 의식》 시 등단. 시집으로 〈지금은 뼈를 세우는 중이다〉 〈기둥서방 길들이기〉가 있음. 한국시인상, 시와산문 작품상 수상. 광화문시인회 회원.

사관

김
영
삼

나라님도 아닌데
꼭 붙어 다니며 기록하는 자가 있다

말로 지은 죄는 경죄나
몸으로 지은 죄는 중죄라
몸의 행적만 낱낱이 기록을 한다

마른 붓으로 또박또박 점만 찍어 두어
아무나 함부로 해독할 수 없지만
실은, 어느 실록보다도 정치하여

어쩌다 기록이 만천하에 공개되는 날이면
한마디 항변도 못 하고 외딴 섬으로
귀양살이 배를 타야 할지도 모르는 일

눈이 오면 오래된 관행으로
사초 한 장을 열람할 수 있는데
꾹꾹 눌러 쓴 서체를 보면 섬뜩하다

발은,
나의 역사를 기록하는 종신 사관

김영삼 _ 2011년 강원일보 신춘문예 등단. 시집으로 〈온다는 것〉이 있음.

김
영
재

탁족 설법

풍월 읊지 않는다

퉁소 불지 않는다

개울에 주저앉아 두 발만 씻는다

굳은살 옹이를 키운

저 산에 큰절 올린다

발바닥 문지르면

거친 삶이 잡힌다

뚜벅뚜벅 걸었던 상처가 물살 가른다

무공해 송사리 떼가

몰려와 듣는 설법

김영재 _ 1974년 《현대시학》 등단. 시집으로 《녹피경전》 《히말라야 짐꾼》 《화답》 외 다수. 순천문학상,
고산문학대상, 중앙시조대상 등 수상.

무관심 도루

9회 말까지 크게 끌려가던 팀의 4번 타자가
느린 발로 도루하는 모습을 보고
내 서툰 사랑도
그녀 마음에 안착할 수 있을 것 같았다

그녀 안으로 들어가기까진
밟고 지나가야 할 누壘가 많았지만
누를 넘보면 또 다른 누에 갈 수 있고
작은 이해로도 마음 디딜 수 있음을
4번 타자의 멋쩍은 미소를 통해 알았다

나를 못 본 체하는 투수였어도
내 무관심 도루는
그녀를 돌아보게 할 수 있을 것이다
내 야심 찬 도루가
그녀의 마음 한편에
사랑의 기록으로 남으면 좋겠다

김
완
수

김완수 _ 2013년 농민신문 신춘문예 시조 당선 2014년 5·18문학상 시 당선 2015년 광남일보 신춘
문예 시 당선

김
완
하

발자국

너는 항시 뒤에 남아
길 위에서 생을 마친다
네 온기를 남김없이 길 위에 비운다

마을 하나에 닿기까지
우리는 얼마나 많은 너의 목숨을
길 위에 뉘어야 하는가

어두워 집에 돌아온 밤
부르튼 발 씻으며
그제야 나는 바닥에 가 닿는다

돌아보면 내 몸 구석구석
네 그리움으로 커온 길이 있다
발자국이여.
네가 먼저 마을에 가 닿았구나

김완하 _ 1987년 《문학사상》 신인상 등단. 시집으로 〈길은 마을에 닿는다〉 〈네가 밟고 가는 바다〉 〈허공
이 키우는 나무〉 〈절정〉 등이 있음. 한남대학교 국문창작과 교수 《시와정신》 편집인 겸 주간.

발자국

소금시
발

대문 밖 눈길 쓸고 난 자리에
지도처럼 남은 발자국
새벽기도 간 누군가의 흔적일까?
샛별이 발자국을 찍고 갔다

지구 밖 400km,
우주선에서 내려다본 한반도 발자국
눈 깜짝할 새 지나가 버린
발자국
하루 네 번 내려다본 발자국
너무 빨리 지나가 여운만 남았다는…
어느 우주비행사의 시 같은 말

언젠가 소양강에서 데려온, 한반도 수석
영월에서 배달된 한반도 도면
두 개의 별이 반짝, 반짝
아침마다 잠에서 깨어나면, 나는
우주인처럼 한반도를 발견한다

자식 바라보듯 흐뭇하게 맞고 있는 새 아침
내 눈에 찍힌 한반도
내 창 안에서 환하게 마주 보는 새 아침

김유진 _ 황해도 신계 출생. 2010년 《자유문예》 등단. 춘천문협회원. 문채문학회 회장.

김
유
진

김
인
구

낮은 곳으로 오는 사랑

나, 미천한 바닥으로 태어나 산과 들을 누비고 다녔네
생의 희로애락 밟으며 소리 없이 바닥 하나 보태 일가를 이루었네
먼 길 마다않고 돌았고 험한 길 변명 한마디 없이 걸었네
맨발에 젊음을 꿰차고 돌아다봄의 미학을 잊었으며
가끔씩 질러대는 비명의 통증 모른 척 외면했네
이제 보드라운 양말 검 신고 시린 발끝 아랫목에 묻어야 하는
어둠의 그림자에 나, 볼모가 되었네
가장 낮은 바닥에서 바닥으로 흘러들어와
담벼락에 기대앉은 순한 가을 햇살처럼
눈 가늘게 뜨고 나의 바닥의 바닥을 들여다보네
여기저기 붙박인 굳은살과 두서없는 굵은 주름살에 엮인
내 가엾은 일가 말없이 쓰다듬어 보네
한 번도 슬픔을 슬픔이라 내비친 적 없는
바닥의 고요가 발뒤꿈치에 들어앉아 있네
내가 너라고 단 한 번도 목소리 높여 얼굴 붉혀 본 적 없는
겸허가 용천에 가만 무릎 꿇고 앉아 있네

굽은 뼈마디에 엎드려 지난날의 용서를 구하네
나, 나를 이름하여 사랑이라 부르겠네

김인구 _ 전북 남원출생. 1991년 《시와의식》 등단. 시집으로 《다시 꽃으로 태어나는 너에게》 《신림동 연
가》 《아름다운 비밀》 《굿바이, 자화상》 외 다수.

나를 울게 하소서 - 어머니의 세족

소금시
발

발이 운다
울음은 어디에사 정령처럼 깃들어 있지만
발이 울면 온몸이 따라 운다
온몸 구멍에서 붉은 눈물 쏟는다

모두를 위로 밀어 올리느라
늘 밑바닥만을 전전했던 맨발
그래서 발의 눈물에는 고단한 흙냄새가 난다
사막을 건너는 낙타의 거품 냄새가 난다

최후의 만찬이 있기 전
한 거룩한 사내는
사랑하는 제자들의 발을 씻어 주었다는데

그녀의 발이 벌벌 우는 밤
오늘은 죄 많은 내가 거룩한 그녀의 발을 씻어준다

나를 밀어 올리느라 평생 맨발이었던 여인을 안고
돌아온 탕아가 눈물의 세족식을 한다
애달팠던 그녀의 최후를 씻는다

발을 씻어 주는 것은
진정한 섬김이요 사랑의 표징일지니
눈물 다하도록, 내 죄를 세족한다

김
인
육

김인육 _ 2000년 《시와생명》 등단. 시집으로 《다시 부르는 제망매가》 〈잘가라, 여우〉 〈사랑의 물리학〉이 있음. 교단문예상, 미네르바문학상 수상. 현재 양천고 교사.

김
일
연

유품

혹이며 굳은살인 어머니의 일생이
고이 접혀있는 빛바랜 사진 한 장
못생긴 상처투성이 발레리나의 맨발

몸의 상처 지우려 약 바르고 붕대 감고
마음 상처 지우려 미워하고 외면하며
얼마나 못생긴 발을 남길 수 있을까, 나는

김일연 _ 1980년 《시조문학》 등단. 시집으로 《명창》 《엎드려 별을 보다》 《너와 보낸 봄날》 등. 시선집으로 《아프지 않다 외롭지 않다》 《꽃벼랑》 등.

구두에게 - 발의 간청

소금시

발

새로 산 구두
발에게 순종하고
떠받들겠다는 약속,
20분 거리 못 가서
트집 잡으며 앙탈부린다
발바닥에서 오물 밟으며
참아내야 한다는 두려움
세찬 바람에 휘청거려도
이 몸 운반해다오
너와 나, 한 배 타고 가는 운명
구석에 처박혀 있던
한 생 다 바친 헌 구두
눈 힐끔거리며 쳐다보고 있다

김
임
배

김임백 _ 2014년 동아연합신문 신춘문예 시 당선. 현재 시 낭송가.

김
임
순

뚜벅뚜벅

하늘 이고 땅을 딛는
직립 보행 후예들

집 한 채 버티느라
발바닥이 두껍다

신발 속 생의 무게가 겹겹으로 젖어간다

이골이 날대로 난
가다 서다 내딛는 길

포개진 발가락이
휘도록 버거워서

이력서 회전문 돈다 낯선 빌딩 민낯 너머

김임순 _ 2013년 《부산시조》, 《시와소금》 등단. 시조집으로 〈경전에 이르는 길〉 〈비어 있어도〉가 있음.
연암청장관문학상. 공무원문예대전 안전행정부장관상 수상.

소금시
발

발에 관한 단상

김
재
천

그대, 수드라의 맨발이여
브라흐만의 방언이 핏줄 속으로 흘러서
주술 되어 히말라야를 넘어 예까지 왔느냐,
왔구나

하필, 맨 아래 밑바닥에 다섯 갈래로 만들어지서
사람이라고 세우심은
하늘을 밟고 바다를 밟고 다니라 하였는데
땅의 진창만을 디디고 다녔는가

물속을 유영하는 물고기가 부럽고
발이 있으되 하늘을 나는 새가 부럽구나
땅의 곡식을 거부하는 원죄로부터 가두워진
카르마의 천형이 아래로

아래로 내려와 지금껏 견디고 있음은
도스토에프스키의 입맞춤 때문인가
교황의 입맞춤과 세족 때문인가
아, 대못 박힌 젊은 한 사내의 맨발 탓이려니

김재천 _ 충남 홍성 출생. 2012년 《문학예술》 등단. 시집으로 〈그리고 남아있는 것들은〉이 있음. 현재 (사)한국휴게음식업중앙회 선임이사.

김
정
미

나무의 안부를 묻다

나무의 신경은 맨발에 쏠려 있다
뿌리에 박힌 혈관 사이로
온몸에 눈물이 흐른다

맨발로 서서
바람이 묻어오는 소식 기다려 보지만
안개 같은 바람의 어지러운 말 기다려 보지만

나무 몸을 떠도는 바람 냄새
발톱 끝에 만져지는 수천 개의 슬픈 신경들
꿈을 수혈받는 나무가 되고 싶은 것이다

온몸에 주사바늘 꽂은 침엽의
등 굽은 한 여자가
나무의 안부를 지도 삼아 잃어버린 꿈을 따라
어두운 복도를 느리게 걸어가고 있다

김정미 _ 춘천 출생. 2015년 《시와소금》 신인상 시 등단. 2009년 《계간수필》 수필 등단. 시집 〈오베르 밀밭의 귀〉와 산문집 〈비빔밥과 모차르트〉가 있음. 춘천문학상 수상. 춘천시문화재단, 강원문화재단 전문 예술창작지원금 수혜.

소금시

발

돌아올 수 있을까

김
종
원

돌아올 수 있을까
어둠이 자욱하게 내린 골목길, 지나온 시간들이 남긴
흔적들 움켜쥔 손 주머니 깊숙이 넣고
지금 집을 나서면
가슴 속 쌓이고 쌓인 그리움들
훌훌 털어 버릴 수 있을까
이룰 수 없는 꿈 이룰 수 없는 사랑
이룰 수 없어 가슴 깊이 품고
살아가야만 하는
서늘한 그리움
돌아올 수 있을까
세월이 가도 상처야 지워 버릴 수 없겠지만
어떻게든 흔적이야 남게 되겠지만
평생 두 발을 땅에 딛고 직립으로 살아간다는 것은
나이테처럼 자꾸만 쌓여 간다는 것
바람처럼 한평생 돌고 돌아 운명처럼 다시 제자리로
돌아올 수 있을까
처음 마주쳤던 막막한 그곳으로

김종원 _ 울산 출생 1986년 《시인》 등단. 시집으로 〈흐르는 것은 아름답다〉 〈새벽, 7번 국도를 따라가다
〉 〈다시 새벽이 오면〉 등. 현재 한국작가회의 회원, 울산작가회의 회원.

뜨거운 발

김
지
헌

두 발이 서 있는 곳이 그의 일생의 결론이다
가장 처절하게 달려 도달한 그곳
무수한 발이 뒤따르고 발자국이 어지럽게 찍히고
아무도 주목하지 않을 때쯤
문득 고개 들어 하늘을 보았다
붉은 홍시 같은 달이 아득한 언덕을 비추며
조금만 더 가보라고 한다

전력 질주하는 손흥민의 발을 보며
발이 축구공보다 빠를 수도 있다는 것을 처음 알았다
인간이 갖고 있는 206개의 뼈
간절한 기도와 이야기가 새겨진 신전의 기둥

종착에 도달할 때까지 때로는
접질려 절뚝거릴 때도,
연골이 닳아 주저앉고 싶을 때도 있었을 것이다
그리하여
고통에 찬 뼈들을 오래오래 달래가며
한밤의 환호를 만들어 냈을 것이다
80여 년을 달려온 어머니의 발도 우리 집안의
전력 질주였다

김지헌 _ 1997년 《현대시학》 등단. 시집으로 〈황금빛 가창오리 떼〉 〈배롱나무 사원〉 외 2권이 있음.

늙은 소 울음

김
진
광

길을 갈 때도 밭을 갈 때도
소는 늘 앞에서 걸었다
소고삐 잡은 아버지도
농사일에 코뚜레 끼운
늙은 소 한 마리로 살았다
소가 우리를 먹여 살렸다
소가 우리를 공부시켰다
소가 뒤에서 걷는 날은
소 팔러 가는 날이다
앞에서 소가 되어
뚜벅뚜벅 걷는 아버지
늙은 소의 큰 눈망울에
아버지가 담겨간다
늙은 소의 발굽처럼
굳은살 박인 아버지 발바닥
음무우~
뒤돌아 크게 한번 울고
이승의 산을 짐 지고 넘었다

김진광 _ 1980년 《소년》 및 1986년 《현대시학》 등단. 동시집 〈김진광동시선집〉 외 다수. 시집 〈시가 쌀이 되던 날〉 외 다수. 매일신문 신춘문예, 한국동시문학상, 어효선아동문학상, 한정동아동문학상, 관동문학상, 한국동서문학상, 한국동요음악대상(작사부문) 등 수상.

김
택
희

발

발바닥 만져 본다
잔금들 모여 무늬 이뤘다
태어나
푸른 잉크 발렸을 시원始原

반달형식도 같은 모양 한참을 읽고
직립보행이라는 원거리까지 훑고 나서야
움푹한 저녁으로 든다

소리 내지 못한 아우성 불긋하다
굳은살은 서쪽 바람
하늘의 별을 사랑하여
가장 낮은 곳에 적籍을 둔 신전

지상의 좁고 어두운 포복에도
방향 잃지 않을 뿌리

김택희 _ 2009년 《유심》 등단. 시집으로 《바람의 눈썹》이 있음.

아버지의 발

소금시
발

김
현
숙

붉은 노을 내린 쪽마루
어릴 적 아버지의 발은 작은 놀이터
발바닥은 비행기, 발등은 시소 되어
"우이 샤! 재미있냐? 다음은 형아"
다섯 남매 차례를 기다렸지
아버지의 쟁기질 한길음니다
땀과 눈물 흙에 떨어져 상추 아욱 부추 싹 트고
앵두나무 배나무 꽃 피었지

88세 미수米壽, 녹슬 대로 녹슨 동체
넷째 딸 아까운 흰 새 되고
엄마 흰 나비 되어 하늘로 날아갈 때
날개 한번 못 펴고 슬며시 쟁기마저 거둔 아버지

구정 연휴, 녹슨 뼈 기름칠하고
경차로 인천에서 춘천
딸네 집에 와 벨을 누르면
자식들 화들짝 놀라
"아버지! 다음엔 꼭 전철 타고 오세요."
녹슬 대로 녹슨 아버지의 발
검은 노을 등지고 그냥 쓸쓸히 웃으시지

김현숙 _ 2010년 강원일보 등단. 시집으로 〈희망의 간격〉〈메콩강에서 별과 시를 줍다〉가 있음. 강원다
문화복지신문 발행인 수향시낭송회원. 시문학동인지 '시선' 회원.

소금시
발

김
현
지

해파랑길

절뚝발이가 되어보고 알았다
너 하나 없이는 똑 바로 설 수도
걸을 수도 없다는 너무 뻔한 사실을
왼발, 너를 허공에 묶어놓고야 알았다

그해 겨울, 호되게 나를 깨우친 휘비소리
생사를 가르던 벼랑 끝
너는 끝내 나를 일으키지 못하고
너를 두고는 한 걸음도 뗄 수 없었던

언제고 그런 날 올 수 있다는
경고음 숱하게 깜빡여왔어도
무심히 스쳐온 낙엽 사이, 이미 빨간불도 꺼지고
깜깜 절벽에 서서야 뚜렷이 보이던 생의 신호등

초록 초록 새잎 트는 봄날
다시 두 발로 걸어본다, 꽃길 바람길
고맙다, 고맙다, 두 손으로 감싸주며
호! 호! 해주며
오르락내리락 난바다 끼고 걷는 해파랑길

김현지 _ 1988년 《월간문학》 신인상 등단. 시집으로 〈연어 일기〉 〈포아풀을 위하여〉 〈그늘 한 평〉 등이
있음. 동국문학상 수상

탭댄스를 추는 아버지

자정을 알리는 괘종소리 대신 전자음 비틀대면 정수리 위에
반달이 떠요
　현관을 깨우는 노오란 연단

　연단에 올라서면 아버지의 발끝에서 광이 나요
　빛나는 것들은 잠깐의 관심 끝에 미물(微物) 정도로 심드렁
해지는 존재니까
　그래서 아버지는 유령처럼 탭댄스를 추는 건지도 몰라요

　나의 아버지, 평생 외길을 걸어온 기억밖에 없어요
　정박자의 발걸음으로 하루를 일으켜 세웠지요
　언젠가 괘종시계의 육중한 추가 진자운동을 벗어난 후부터
아버지는 정박자로 걷기를 포기했습니다

　크고 묵직한 발이 연단 위에 시큼한 발자국들을 찍어냅니다
　중심을 버린 스텝은 커브를 돌면 쏠리는 어깨들처럼 무방비
하고
　어슴푸레한 달빛의 갈채를 아버지는 세월의 푸념들로 받아
먹어요
　소화시켜야 할 것들을 위해 야무지게 발을 굴리는 소리가
들려요

김
효
정

59

문득 빨간 구두를 신은 소녀가 떠오르지만 마지막 소녀의 표정이 기억나
지 않네요
　　아버지의 표정도 생각나지 않아요
　　숨을 죽인 거실의 시계와 반짝이는 아버지의 탭댄스만 기억날 뿐입니다

김효정 _ 부산 출생 2018년 《시와소금》 신인상으로 등단

ㄴ~ㅂ

나고음 나태주 남연우 남태식

노혜봉 려 원 류미야 문창갑

박남희 박대성 박명숙 박미숙

박미자 박민수 박복영 박분필

박수빈 박수현 박옥위 박일만

박해림 배세복 배우식 백성일

백우선 백이운 백혜자 복효근

봉윤숙

나
고
음

내 버선발*

평생 습하고 어두운 세상에서 살았지요

이제는 우리 집 장맛을 지키기 위해
내 허연 발이 햇빛 아래 보초 서고 있답니다

잡내 나지 않게
숯과 고추 끼워 새끼줄 묶은 간장 된장 담은
수많은 장독대 위에서
내 버선발이 크게 한몫을 하지요

부푼 장독 배에 턱 하니 붙은
한지에 그린 얇고도 넓은 버선발이
많은 햇빛을 품었다 되쏘면서
아무 벌레도 얼씬하지 못하게
270년을 하루같이 장맛을 지키고 있지요

뚝배기보다 장맛이라고
검소하고 깊은 이 맛은
내 발이 꼼짝 않고 고생한 덕분이기도 하지요

달빛에 반사된 발그림자가 장독을 지키는 밤은
내 죄가 하얗게 표백되는 밤이에요

* 민속자료 190호 명재고택 종가의 장독대 발그림

나고음 _ 2002년 《미네르바》 등단. 시집으로 〈불꽃가마〉 〈저, 끌림〉 〈페르시안블루, 꿈을 꾸는 흙〉과 에세이집 《26 & 62》이 있음. 서울시문학상, 숲속의시인상 수상.

소금시
발

발에 대한 명상

나
태
주

언제부턴지 모르게 너의 발을 만지고 싶었다
언제부턴지 모르게 너의 발을 만지고 있었다

거칠고 어두운 터널을 지나왔음에도 여전히
부드럽고 깨끗하고 연약하기만 한 너의 발

우리의 인사법은 나의 두 손으로 너의 발을
한쪽씩 정성스럽게 매만져주는 것

그래 수고했다 고생 많았지 이제 조금은
쉬어도 좋을 거야 멈춰도 좋을 거야

너의 발아래 피어나는 무수하게도 많은 꽃나무 꽃잎들
너의 발에 밟히면서도 여전히 일어서는 풀잎 풀잎들

그러므로 너의 발은 그 어떤 꽃나무보다도 어여쁜 꽃나무이고
그 어떤 풀잎보다도 보드랍고 싱싱한 풀잎

차라리 대지 바로 그것!
나의 소원을 이루게 해준 너의 발에게 감사한다

나태주 _ 1971년 서울신문 신춘문예 등단. 시집으로 〈대숲 아래서〉 〈막동리 소묘〉 〈산촌엽서〉 〈돌아오는
길〉 〈한들한들〉 외 다수. 현대불교문학상, 박용래문학상, 편운문학상, 시와시학상, 정지용문학상 등 수상.

아버지와 자전거

갱골재를 넘어가는 자전거 바큇살에
바람을 타기 시작한 빗방울이
쇠꼬챙이 번득이듯 내리꽂힌다

질기디질긴 오르막 심줄을
직각으로 구부린 무릎 위에 감고
무너진 하늘이 범람하는 날

방향과 속도를 잃은 진창길은 종일 헛바퀴질
두 눈을 찌르는 빗물은 모두
아픈 눈물이 된다

메아리마저 파묻힌 눈 쌓인 산길 위로
외줄기 바퀴 자국 내며
눈꽃보다 새하얀 편지 써 내려간 에움길을
돌고, 돌아 어느덧 아흔 고개 이른 아버지

뿌리 마른 고목이 되어 페달을 놓치기 일쑤이다
길은 이제 훤한 내리막길

다시 한번 "따르릉" 소리를 내며
근육질 푸른 시간 속으로 내달리고 싶은데
창고 앞에 멈춘 자전거는
녹슨 날들이 더 많다

남연우 _ 2017년 〈시와소금〉 신인문학상 등단. 시집으로 〈아름다운 간격〉 〈세상에서 가장 빛나는 꽃〉이 있음.

발 이야기

소금시
발

남
태
시

출근길 엘리베이터 앞에서
아랫집 중1 사내아이 손에 들린
신발 밑창의 숫자를 보다가
와! 260! 속으로 되뇐다.

내 발 크기는 240에서 250
구둣가게에서 탐나는 이미지를 만나도
발이 작아서인가 자주 재고가 없었다.
240에서 50까지 있는 대로 주세요.
무슨 발이 그래요.

중1 때 펄벅의 『대지』에서 전족을 읽었다.
댓돌의 신발을 정리하면서
어머니는 할머니의 큰 발 험담을 했다.
아담한 발을 가져야지
큰 발이 싫었던 나는
운동화 끈을 꽉 조이고 다녔다.

올 겨울에 구두를 맞추러 갔다가
내 발이 짝짝이라는 것 제대로 알았다.
여러 번 맞춤한 이미지를 맞춰 신는 동안에도
늘 한 발이 헐렁하거나 빡빡했지만
두 발을 한꺼번에 잴 생각은 안했다.

이번에는 번갈아 쟀다.
왼발은 245 오른발은 250
거의 대부분이 짝발이지만
사장님은 차이가 꽤 크네요.
이번에는 어느 발에 맞출까요.
각각 만들어 주세요.

처음으로 두 발이 딱 맞는 신을 신었다.
헐렁하지도 빡빡하지도 않으니
좌우 발가락들의 호흡이 편안해졌다.
좌우 걸음이 반듯해졌다.

남태식 _ 2003년 《리토피아》 등단. 시집 《망상가들의 마을》 외 김구용시문학상 등 수상.

꿈속, 발등에 눈이 내린다

소금시
발

노
혜
봉

대낮에 날벼락을 맞았다
척추 골절,
발바닥이 저승 문턱에 닿았다
등뼈와 뼈 사이에 석회를 들이붓고
세 명이 번갈아 망치를 내리쳤다

마지막 어머니 심근경색 약이며
진통제 제 때 챙겨드리지 못한 죄,
고통에 찬 어머니 마지막 숨
잦아든 소리
꿈에서조차 어른거리지 않는
어머니만 불렀다

마음방이 꽝꽝 얼어붙었다
딴 세상 문, 문턱을 넘어섰다
내가 아닌 내가 마음방에 들어앉아,
모래별 불꽃별 반 바퀴를 돌아온
발등에
얼음 눈물이 희끗희끗 짓물러 쌓였다

노혜봉 _ 1990년 《문학정신》 등단. 시집으로 〈산화가〉 〈쇠귀, 저 깊은 골짝〉 〈봄빛 절벽〉 〈見者, 첫눈에
반해서〉 등이 있음.

발자국 아이

발자국 소리가 좋다는
아이는
발자국 소리로 빗방울을 터트린다

간지럽게 돋아나는 물갈퀴로
사방은 소이 보는 내인의 흔적들
시멘트 바닥에 찍힌
아기 새 발자국을 보았다는
아이는

날아오를 듯
이미 날아오른 듯이
새 발자국을 닮아간다

별을 새기 듯
이미 별을 품은 듯이
물컹하게 굳어가는 발자국을
보노라면

려 원 _ 2015년 《시와표현》 등단. 시집으로 〈꽃들이 꺼지는 순간〉 외

땅끝마을 동백

류
미
야

나를 져
허물어진 신발을 벗은 곳에서
나는 허물을 벗고 나를 이겨
돌아왔다

이따금, 그때 눈발 사이로

빨갛게

터진
발들

류미야 _ 2015년 《유심》 시조 등단. 시집 〈눈먼 말의 해변〉이 있음. 서울디지털대학교 출강.

발

문
창
갑

어버이날이라고 어린 것이
양말 한 켤레 슬며시 내밀었다
이런저런 잡스러운 세균들
교미하고 알 까며 킬킬거리는 나의
병든 발, 오랜만에
비누로 빡빡 씻어주고 새 양말 신기니
발이 엉엉 울었다
갈 곳 몰라 우왕좌왕하던 발,
해지면 병든 몸 더 무거워
작은 바람의 콧김에도 휘청거리던 발,
오늘은 토닥토닥 달래어 이불에 누이니
울던 발, 스르르 잠들었다
흥얼흥얼 발이 가는 꿈속의 큰길
못 간다! 못 간다! 팔 벌리는
검은 산도 단숨에 넘어가고
자잘한 풀꽃들 지천으로 피어 있는 곳
드문드문
발자국도 선명하게 남겨 놓고

문창갑 _ 1989년 《문학정신》 등단. 시집으로 〈빈집 하나 등에 지고〉 〈코뿔소〉 등이 있음.

허공의 발

소금시
발

박
남
희

나무도 발이 있을까
엉뚱한 생각을 한 적이 있다

흔히 나무뿌리를 나무의 발이라고 생각하기 쉽지만
이파리를 떨구어 발자국을 남기는 나뭇가지야말로
진정한 발이 아닐까

허공의 발,
자신이 꿈꾸던 곳을 바람에게 부탁해
나뭇잎 발자국을 찍으며
어디론가 자유롭게 여행을 떠나는 발

나는 그 발을
꿈꾸는 발이라고 명명해본다

아무런 발도 없는 것 같은 나무가
어디론가 수시로 여행을 떠나고 싶어서
가지에서 훌쩍 뛰어내려
수많은 발자국을 바람의 등 뒤에 찍어대는 저 열정을
함부로 누가 막을 것인가

어떠한 무게에도 바스락, 허공의 말을 하는
저 나뭇잎 발자국을 따라 걷다 보면
문득, 어느 아득한 허공에 도착해 있을 것만 같다

박남희 _ 1996년 경인일보, 1997년 서울신문 신춘문예로 등단. 시집으로 〈폐차장 근처〉 〈이불속의 쥐〉
〈고장난 아침〉이 있으며, 평론집으로 〈존재와 거울의 시학〉이 있음.

박
대
성

아버지의 동상

얼마나 푸르고 싶었으면
푸르게 서고 싶었으면
저리 맨발로 천지사방 달렸을까

아버지의 걸음은
어떤 길을 걷고 싶었을까
어떤 길을 잊고 싶었을까

푸른 발의 아버지가 온통 푸른 아버지가
자신의 동상을 내려다보고 있다

푸른 맨발로 어떤 길을 걷고 싶었을까
어떤 길을 잊고 싶었을까

얼면 얼수록 빛나던 푸른 걸음들
그 겨울
그 길들 얼마나 걷고 싶었으면
얼마나 잊고 싶었으며 저토록 얼었을까

주무를 때마다 푸른 물감이 묻어나왔다
푸른 길이 묻어 나왔다
푸른 아버지가 걸어 나왔다

박대성 _ 속초 출생. 2001년 강원일보 신춘문예 등단. 시집으로 〈아버지, 액자는 따스한가요〉가 있음.

헛걸음

아침을 수소문하며 흐린 무릎을 일으킨다

허둥지둥 걸음을 퍼부으며 길을 나선다

펼 수도 접을 수도 없는 발바닥만 타든다

소금시

발

박
명
숙

박명숙 _ 1993년 중앙일보 신춘문예 시조 당선. 1999년 문화일보 신춘문예 시 당선. 중앙시조대상 등
수상. 시집 〈은빛 소나기〉 외 다수

박
미
숙

발, 춤

굳은 발끝이라도 세워서 춤을 춘다
신나는 리듬이 발가락에 꽂히고
여러 번 공회전하면 평등해진 발과 바닥 사이
가끔은 눈을 감고 연습을 할 때면 저절로 움직이는
흩어진 지문들, 내가 살아 있다는 증거물 같은 것

침대에 누워 다리를 올리고 엄지발가락을 지켜세운다
보지 못한 것들 물을 마실 때 행운을 생각했다
멀리도 가까이도 잊지 않고 찾아줄 것 같은 느낌
차가운 벽이 다가와 가로막고 다시 묻기 시작하고
하얀 줄무늬벽지가 세로로 줄을 세워 서열을 말해주었다

이윽고 아침이 되고 젖은 발들이 말라 있었다
맑은 햇살이 푸르게 변하는 허공이 눈꺼풀에 내려앉았다
구두코에 물광을 내고 계단을 내려갔다 오늘, 어디로 가야
할 지를
이미 알고 있는 듯 걸음이 갑자기 빨라졌다

넓은 시야, 발은 깨어나 눈을 떴다
발톱에 멍이 들기 시작하고 복숭아뼈에 금 간 실금이 과거
의 아픔을
기억하고 있었다 그 사이로 누비는 실핏줄이 통통 부어올랐다

새로 산 구두 뒤축의 세 자리 숫자가 점점 지워지고 있었다

박미숙 _ 서울 출생. 2019년 《시와소금》 신인상 동시 등단.

발 – 노천 빨래터

어릴 적 개울에서 찰방찰방 뛰놀 때는
돌부리 세상인 줄 까마득히 몰랐었지
울 엄마 치맛자락이 가림막이 되었지

맹추위 불어오던 월세방 공동 빨래터
길쭉한 입담들로 얼음장 깨어가며
궁핍한 살림살이는 방망이에 녹여냈지

인도의 도비왈라* 몸짓이 경건하다
해종일 세탁물에 발 담그고 주무르고
탈색된 하얀 발꿈치 저 애달픈 발돋움

* 도비왈라 : 직업적으로 빨래를 해 주는 사람들

박
미
자

박미자 _ 2009년 부산일보 신춘문예 등단. 시조집으로 〈그해 겨울 강구항〉 〈도시를 스캔하다〉가 있음.
울산문학 작품상 수상.

박
민
수

발

내게 땅이 있고
하늘이 있어 고맙다
더욱이 내게
발이 있고 눈이 있어 고맙다
땅을 딛고 하늘을 볼 수 있어
참 고맙다
오늘은 발 더욱 굳건히 땅에 딛고
먼 하늘 홀로 바라보며
누군가를 불러보고 싶다
그리운 사람 불러
어느 꽃밭 길 온종일
말없이 걷고 싶다
발걸음 가벼이
구름 위를 날고 싶다
한 생애 쌓아둔 것 다 버리고
나비처럼
문득 외롭고 싶다

박민수 _ 1975년 《월간문학》 등단. 시집으로 〈개꿈〉 〈낮은 곳에서〉 〈잠자리를 타고〉 〈사람의 추억〉 외 다수.

발바닥 주름에 대한 편견

굽어 휜 발바닥에 고단한 생이 있다

쭈글해진 발바닥 주름이 살아온 길을 꽉 쥐고 있다 주름을
펴면 금방이라도 풀어질 생이 발목을 묶고 있다

무릎을 세우고 발자국을 찍는 동안 발바닥 주름들의 매듭
이 발목 관절을 팽팽하게 당긴다

열 개의 발가락들이 끌고 온 닳은 뒤꿈치처럼

저녁이면 발목 관절을 풀고 한낮의 햇살을 뽑아 하루를 깁
고서야 잠이 들었을

자고 나면 길어지는 발톱처럼 길들은 많아져 발바닥 주름은
내 어깨를 감아 몸은 무거워졌다

굽어 휜 어깨를 닮은 발가락들

주름과 주름이 끊어지지 않고 수많은 길을 엮을 때까지 발
걸음은 느리게 어둠을 헤쳐 길을 낼 것이다

박
복
영

박복영 _ 전북 군산 출생. 1997년 《월간문학》(시), 2014년 경남신문 신춘문예(시조) 등단. 2015년 전북
일보 신춘문예 시 당선. 시집으로 〈낙타와 밥그릇〉 외, 시조집으로 〈바깥의 마중〉이 있음. 천강문학상 시
조 대상과 성호문학상 수상. 전북작가회의, 오늘의시조시인회의 회원.

맨발

배에서 내리기도 전에 까치발처럼 발가락이 벌어진 소녀가
진갈색 맨발로 바큇살 같이 달려왔다
나무를 타고 바위를 오르느라 길어지고 벌어졌을 테지
소녀에게 내 신발을 맡기고 나 또한 맨발로 쌓다 만 밍군사원
허물어진 층계를 오른다
신발을 들고 내 뒤를 따라오던 소녀가 아주 정확한 발음으로
'조심하세요' 하더니
까만 눈동자를 반짝거리며 내 옆구리를 받쳐준다, 마치
먹이를 움켜쥔 새처럼 소녀는 발가락으로 바위를 움켜잡고
'저기는 사자상'
'여기는 밍군종'
'저기는 사자눈알'
새하얀 잇속으로 또박또박 종알거린다, TV에서 한국드라마를
보면서 배웠단다
불타듯 뜨겁던 내 발바닥은 1달러 주고 산 영광의 고행이었다

박분필 _ 1996년 시집 〈창포잎에 바람이 흔들릴 때〉로 등단. 시집으로 〈산고양이를 보다〉 외 다수. 현재 〈시와소금〉 편집기획위원.

아무렴, 평발

박
수
빈

입고 간 옷과 신발이 돌아왔다
귀여운 발로 공차기를 배울 때며
입시로 밤새며 붓던 발이 엊그제인데
이렇게 훌쩍
실려 온 깔창 냄새에 콧날이 시큰하다
깔개 없이 세상을 딛다가
닳귀진 몸뚱이 발바닥에 늘러붙듯 하겠지
군장 메고 행군하다가 생긴 물집도 단련하겠지
널 위해 절하다 새삼 보았다
무처님 발이 홈이 파이지 않은 것을
수많은 사람이 비는 소원을 귀에 담으려고
허공 딛지 않고 바닥을 받치고 있다
남보다 많이 땅에 닿으면
바닥과 더 많이 통하겠지
함께 찍은 사진을 본다
장병이 따라 웃는다

박수빈 _ 2004년 시집 「달콤한 독」으로 작품 활동 시작. 시집으로 〈청동울음〉과 평론집으로 〈스프링 시학〉 〈다양성의 시〉이 있음. 경기문화재단창작지원금 수혜. 상명대 강사.

박
수
현

신발

신 대신 발을 신어야 하나
신발장을 열자 언제 첫걸음을 떼었는지 모르는 신발들
불쑥, 빽빽한 침묵을 꺼내는 발이 아니라
다족류처럼 많은 발을 지녔다면
신과 발 사이에 무슨 얘기들을 부려놓을 수 있을까
신갈나무도 해마다 신발을 갈아 신는다는데
이 신발들은 죄다 내버려야 할까
구름을 신다가 헐렁하게 뒤돌아보는 발
신발의 방향은 시선과 정반대다
마늘종 장아찌와 갈치조림이 차려진 밥상에서
마레지구 세자누의 라비앙 로즈와 갓브로콜리 샐러드를 떠
올리는 발
온누리약국 앞 사거리에서 무단횡단하던 발
자주 가위눌리는 발
그때마다 열 개의 발가락이 아프다
발 없는 발을 허방다리에 디디면
어린 발로 걷던 기억들이 움푹하다
창문 너머 달아나는 어떤 영혼처럼
무너진 뒤축을 버려두고
발이 냅다 달아나고 있다

박수현 _ 2003년 《시안》 등단. 시집 〈운문호 붕어찜〉 〈복사뼈를 만지다〉 등. 2011년 서울문화재단 창작
지원금 수혜.

나의 맨발

찔레꽃 핀 개울은 물빛도 하늘 닮아
맨발로 찰방찰방 징검다리를 건너다가
물총새 코발트빛 꿈에 하마 눈이 멀었지

물총새, 그랬어 다시 층계를 오를 때
바이올렛코발트빛 꿈길은 사라졌어
순간도 빛 머리는 날은 시를 쓰고 싶었어

빙하에 봄이 오는 먼 강가를 돌아보며
눈물도 꽃이 피는 빈 마을을 찾아가자
지친 발 씻기에 좋을 찔레꽃은 피워두고

첩첩히 쌓아올린 책갈피는 높아 있고
풀빛 시의 세상은 지적인 듯 멀구나
아직도 먼 길 가야할 나의 맨발을 씻는다

박옥위 _ 1965년 〈새교실〉 시 천료, 1983년 가을 〈현대시조〉, 겨울 〈시조문학〉 천료. 시조집으로 〈석류
〉〈숲의 침묵〉〈플룻을 듣다〉〈지상의 따스한 순간〉〈겨울 풀〉〈그리운 우물〉〈조각보 평전〉.낙엽단상〉 외
다수. 성파시조문학상, 이영도시조문학상, 김상옥시조문학상, 아르코창작지원금수혜. 국민훈장 동백장 수
훈. 한국동서문화상 수상. 울산문인협회 창립회원. 한국문인협회 자문, 국제펜한국본부 원로, 오늘의시조
시린회의 상임자문. 한국시조시인협회 자문, 부산여성문학인회 회장, 부산여류시조문학창립회장 역임 및
고문 등.

박
옥
위

박
일
만

티눈

균형을 거부하며 수평을 포기한다
중심을 찾아 헤매던 세포가 내 발바닥에 와서
생을 통째로 뒤뚱거리게 한다
백발이 물드는 나이 탓도 있겠으나
아직 둘러보아야 할 산천이 많은데
느닷없이 찾아와 생을 송두리째 흔들어 댄다
가던 길이 자꾸 휘청거릴 때
가랑이 사이로 바람도 많이 드나든다
딛을 때마다 바닥에 온통 통증을 깔면서
서둘지 말라고, 아래를 보고 살라고
발걸음을 더디게 하는,
걸음걸음마다 뼛속 깊이 송곳을 박으며
한 쪽 발이 수상하다
절대로 떨어지지 않을 나이 어린 애인처럼
기세가 완곡하다
작은 알맹이 하나에도 몸을 절뚝여야 하는
나의 생을 향해 쉬어가라고
자꾸만 오는 길 가는 길을 붙든다

박일만 _ 2005년년 《현대시》 등단. 시집으로 〈사람의 무늬〉〈뿌리도 가끔 날고 싶다〉〈뼈의 속도〉가 있음. 한국작가회의, 한국시인협회, 전북작가회의 회원.

발

과일을 받쳐 든 소쿠리가 두 다리로 서 있다
다리 세 개 중 하나가 떨어져 나간 것도 모르고
발끝에 힘을 주고 있다
저 직립,
빈 곳도 팽팽할 수 있다니

온몸으로 기어가는
시장 바닥의 저 사내
바닥과 구분되지 않는 직립의 생을 가졌다
허리를 굽혀 겸손히 떼어내는 발이
바닥을 밀어내고 또 끌어올릴 때
비어 있는 다리의 힘으로도
추락하는 내가 버틸 수 있는 것인지

소쿠리 한쪽이 비워지면서
텅 빈 모서리가 공중을 번쩍 들어올린다
생의 한쪽이 좌르르 쏟아지고 있다

박
해
림

박해림 _ 1996년 《시와시학》 등단. 2001년 서울신문 부산일보 신춘문예 시조 당선. 1999년 《월간문학》
동시 당선. 시집 으로 〈그대, 빈집이었으면 좋겠네〉 〈바닥경전〉 외 다수. 시조집으로 〈못의 시학〉 외 다수.
동시집 〈간지럼 타는 배〉, 시평론집 〈한국서정시의 깊이와 지평〉, 시조평론집 〈우리시대의 시조 우리시대
의 서정〉 등. 수주문학상, 김상옥시조문학상 수상 등.

하루 종일 발바닥이

배
세
복

무용총 수렵도에는
백마가 날고 있다

안장 없이 백마에 뛰어올라
퇴화된 꼬리뼈를 말등에 부비고 싶다
진신 속 발인반수처럼
뒤돌아보며 활시위를 당기다가
허리가 꺾이며 낙마,
두 발이 한꺼번에 공중으로 솟구칠 때
그것을 누군가 승천이라 불렀다
호랑이가 되어도 상관없다
허허벌판에 핏자국 찍으며
물결무늬 겹쳐 그려진 산 속에
쓰러지고 싶다 콸콸 피를 쏟고 싶다
대대로 물려받은 근육과 심장을
수렵자에게 불끈 꺼내 보이겠다

미술관에 다녀오는 길엔
하루 종일 발바닥이 화끈거렸다

배세복 _ 2014년 광주일보 신춘문예 등단. 문학동인 VOLUME 회원

발이 푸르게

소금시
발

배
우
식

발을 벗어
절벽에 걸어놓고
바라본다.

순간,
산은 산이 아니고
또한 물은 물이 아니지만
산은 푸르고
물은 흘러가는 것이
보인다.

깨진 발 틈으로
낯선 세계가 불어오고
그 바람에 휩싸여
발이 들썩인다.

문득
저 세계 속에
푸르게 반짝이며
발이
흘러간다.

배우식 _ 2003년 《시문학》 시 등단. 2009년 조선일보 신춘문예 시조 당선. 중앙대학교 대학원 문예창작학과 졸업(문학박사). 시집 《그의 몸에 환하게 불을 켜고 싶다》와 시조집 《인삼반가사유상》이 있음. 현대시조 100인선 《연꽃우체통》과 문학평론집 《한국 대표시집 50권》 등이 있음. 시 「북어」가 중학교와 고등학교 국어교과서에 각각 수록됨.

백
성
일

핑계

바람 빠진
고무풍선 같은 심장
풀어진 근육
몸과 마음을 다스리고픈
거창한 목표가 아니다
그저,
만 보와 약속 때문에
만 보를 걷는 것뿐이다
세상이 꽃밭으로 보이고
가슴속 깊이 품고 싶은 사연들
님은 내일을 등에 업고
잔잔한 미소의 얼굴로 눈앞에
오늘도 걷는다
만 보와 약속 때문에
만 보를 걷는 것뿐이다

백성일 _ 2017년 《심상》 신인상 등단. 시집으로 〈멈추고 싶은 시간〉이 있음. 작가와 문학상, 백두산 문학상 등. 시정회 회장, 심상문학회 회원, 동북아신문 상임이사. 대구시인협회원.

헛발

발발거리는

발—

머리도 없고

가슴도 없고

배뿐인 몸이

허기로

허덕거린다.

백우선 _ 1981년 《현대시학》 등단. 시집으로 〈탄금〉 외 다수.

백
이
운

맨발의 디바*

이름도 가물가물한 작은 나라의 영원한 디바

자기가 죽은 날에도 눈물로 삶을 찬미하네

맨발이 그녀 성모였기 더 빛나는 검은 성녀.

* 세자리아 에보라(1941-2011) : 서아프리카 카보베르데의 여가수.

백이운 _ 1977년 《시문학》 추천 완료로 등단. 시조집으로 〈슬픔의 한복판〉 〈왕십리〉 〈그리운 히말라야〉 〈꽃들은 하고 있네〉 〈무명차를 마시다〉 〈어찌됐든 파라다이스〉가 있음. 한국시조작품상, 이호우시조문학 상, 유심작품상 수상.

아버지의 발

백
혜
자

댓돌 위에 놓인 뒷굽이 다 닳아 찌그러진
아버지의 구두
달빛 아래 푸르스름하게 놓여 있었지

녹초가 된 발이 빠져나간 자리에
귀뚜라미 둥어가 울고 있던 밤
무슨 예감에 그토록 어린 가슴이 아팠을까?

전쟁으로 가난했던 그해 겨울
낡은 구두 새것으로 바꾸어 신어보지 못하고
쓰러진 아버지의 발

저녁마다 환청으로 들리던 기우뚱 한
아버지 발자국 소리에
문 열면 텅 빈 적막에 울던 날들이 흘러가고

문득 아버지, 하고 불러보니
낡은 구두 속에서 아버지의 발이
귀뚤귀뚤 울며 걸어오신다

백혜자 _ 강원 양구 출생. 1996년 **《문학세계》** 등단. 시집으로 〈초록빛 해탈〉 〈나는 이 순간에 내가 좋다〉
〈저렇게 간드러지게〉 등이 있음. 강원여성문학상 대상 수상.

복
효
근

족적

마을 어귀 시멘트 포장길에
개 발자국 몇 개 깊숙이 찍혀 있다

개는 덜 마른 시멘트 반죽 위를
무심코 지나갔겠으나 오래도록

'개새끼' 소리에 귀가 가려웠겠다

선승이나 개나 발자국 함부로 남길 일 아니다

복효근 _ 1991년 계간 시전문지 《시와시학》으로 등단. 시집으로 〈따뜻한 외면〉 〈꽃 아닌 것 없다〉 〈고요
한 저녁이 왔다〉 외 다수. 신석정문학상 등 수상.

꽃신

봉

윤

숙

발만 봅니다

남쪽의 아버지는 북쪽의 딸에게 그동안 신기지 못했던 꽃신을 신깁니다 남쪽에도 북쪽에도 없던 시절의 약속은 발에 딱 맞습니다

발에 꽃이 핍니다

가령 신문들은 이렇게 떠들어 대겠지요 남쪽의 꽃신 하나가 북쪽의 시린 발을 녹일 것이라고 아니 그렇게들 말하고 싶겠지 남쪽의 꽃이 북쪽의 발에서 필까 언 땅의 발이 꽃신을 신고 따뜻할까 가령 언 땅은 꽃으로 녹일 수 있을까

지하 3층에서 일하다 보면 여름에도 겨울에도 발이 시리다 경계에 서면 발 하나 까딱하는 것도 저릿저릿하다

지하에 있는 동안 누군가 꽃신을 신겨줄 줄 알았다 나에게 햇살 한 움큼 얹어줄 줄 알았다

해바라기도 태양이 비치는 현실 쪽으로 기운다 30년 동안 나는 한 줌의 햇살 신봉론자였지만 지하를 비추는 해는 없다 태양이 갈 곳이 많아 나에게까지 찾아와주지 않는다 어리석은 희망으로 내 발끝만 무감각해져 간다

어떤 뿌리든 다 지하를 가지고 있다 한여름에도 한겨울에도 지하는 늘 서늘하고 음습하고 여전히 나는 꽃신을 기다린다 1층과 8층 사람들을 만나면 햇살 한 줌 구걸한다

누가 나에게도 꽃신 하나 신겨주면 좋겠다

봉윤숙 _ 2015년 강원일보 신춘문예 등단. 시집으로 〈꽃 앞의 계절〉이 있음.

서금복 서범석 서정임 선우미애

성영희 손석호 송경애 송과니

송병숙 송연숙 송 진 신미균

신사민 신원철 심동석 심상숙

서
금
복

발등을 조심시킨다

토막으로 잘려나가는 출근 시간을 보며
개수통에 던진 젓가락이 미끄러진다
얼기설기 쌓아놓은 반찬통이 쏟아진다
1+1에 현혹돼 쌓이놓은 식용유와 참치캔이 떨어진다

비스듬한 것들이 미끄러지고
야무지지 못한 것들은 떨어지고
욕심은 무너지면서 내 발등을 친다

작년 여름, 다쳐서 거무죽죽해진 발등에
양말을 신긴다, 실내화를 권한다
'천천히' 라는 말귀를 못 알아들어 허둥거리는 손보다는
발등을 조심시키는 게 나을 것 같아서다

서금복 _ 2001년 《아동문학연구》(동시), 2007년 《시와시학》(시), 1997년 《문학공간》(수필) 등단. 동시집
으로 〈파일 찾기〉 외 2권, 수필집으로 〈지하철 거꾸로 타다〉 외 1권. 우리나라 좋은동시문학상 수상. 서울
중랑문인협회 회장. 전국어머니편지쓰기모임 편지마을 회장. 한국동시문학회 동시분과 위원장. 광진문화
예술회관 수필창작반 강사.

클로즈업 스크린 아래

서
범
서

자기야, 내 몸 어디라도 많이 만져 줘
그 말 가장 값진 선물이라는 칠복이
찢어진 입이 귀에 걸리는, 아래

엄니, 이 자랑스러운 몸 주셔서 고마워요
그 아들의 상지에서 쓰러지는 신산댁
쌍가락지 손마디가 땅을 헤집는, 아래

어미야, 떡두꺼비 같은 손자 쑥쑥 낳아
무럭무럭 스카이대로 입영시킨 훈장
더 바랄 것 없다는 시아버지의 이 빠진 잇몸, 아래

여보세요, 유부남과 만나는 그런 여자 아니에요
그럴 수는 없다는 돌싱녀의 찢어진 밥숟가락

늘 늘 늘 하늘 아래 귀한 몸의 맨 아래
떠나지 못하면서 비집고 도는 땅의 얼굴 위
살떨림의 무한곡선을 업고 언제나 생략되는, 발

서범석 _ 1987년 《시와의식》(평론), 1995년 《시와시학》(시) 등단. 시집으로 〈풍경화 다섯〉 〈흙풀〉 〈종이
없는 벽지〉 〈하느님의 카메라〉 〈짐작되는 평촌역〉 등이 있음. 김종삼시인기념사업회 회장, 국제어문학회
회장, 대진대학교 교육대학원장, 한국문학비평가협회 상임이사 등 역임. 현재 대진대학교 명예교수. 계간
《시와소금》 편집위원.

소금시
발

서
정
임

고비

때아닌 눈을 동반한 폭풍이 몰려왔다
속수무책 눈을 뒤집어쓴 매화가
붉게 흔들린다

계절과 계절이 혼재할 때
종말은 예고되는 법
나는 이대로 몰락을 꿈꾸어야 하는가

고비를 넘는 승패는 중심 잡기에 있다
마음을 다잡는 세기의 많고 적음이다

바람과 내가
잡고 잡아당기기를 반복하던
시간의 바퀴가 멈춘다
한 발자국도 앞으로 나아갈 수 없던 그 공회전

뒤집어쓴 허무를 녹이는 매화의 눈매가 서늘하다
고비를 넘긴
완연한 봄의 시작이다

서정임 _ 2006년 《문학·산》 등단. 시집으로 《도너츠가 구워지는 오후》가 있음. 2012년 경기문화재단
창작지원금 수혜.

버선발

뜰에 핀 목련꽃의 뿌리를 생각한다
한줌 흙 속에서 지탱하고 있는 저 깊은 생명
언 땅을 진동시키며 죽음과의 사투를 견뎌내고
잎살 갉아 먹으며 피어난 버선발 모양의 백목련
봄의 숨결 속에서 하르르 춤을 춘다

목련꽃 버선발의 뒤꿈치가 흰 구름 같다

깜깜힌 밤 좁은 골목길 돌아
사분사분 걸어오시던
엄마의 버선발처럼 곱고 희다
아무리 힘들고 지난하다 해도
끝까지 포기하거나 좌절치 않았던 엄마
그녀의 양분 타고 자라는 아기처럼
물오른 목련꽃잎 휘영청 하도 밝으니
버선발로 맞아주시던 엄마 생각 간절하다

선
우
미
애

선우미애 _ 강원대학교 스토리텔링학과 석사수료. 1996년 《한맥문학》 등단. 시집으로 〈자연을 닮은 그
대는〉〈섬 같은 사람〉〈봉선화 소녀〉〈마른 꽃 편지〉외 다수. 춘천여성문학상. 노천명문학상 등 수상.

햇살 핫팩

성
영
희

한 사내가 나무 그늘 아래서 낮잠을 잔다.
발목 근처에서 끊긴 그늘
두 발을 햇살이 덮고 있다.
어느 사막이라도 걷는 중인지
뜨거운 발가락이 꼼지락거리고
차가운 발가락이 오그리든다.

어떤 부재가 웅크리고 있는 곳은 추운 곳이다.
혹한과 뙤약볕을 번갈아서 건넜을 저 맨발
집으로 걸어가지 못하는
부재의 방향이 여러 갈래로 굳어져 있다.
바깥 잠이 길어질수록 드러나는 험상궂은 허물들
직립의 날들을 드러눕히고 사내는
무슨 햇살로 한낮을 건너려는 것일까,

한 줌 바람에도 발을 거둬들이는 사내
이불이란 것이 따뜻한 것만은 아니어서
한여름에는 그늘이 이불이다.

성영희 _ 충남 태안 출생. 2017년 경인일보, 대전일보 신춘문예 등단. 시집으로 〈섬, 생을 물질하다〉가
있음. 농어촌문학상, 동서문학상, 시흥문학상 수상.

발

움직이는 말입니다
맨발로 서성이는 건 혼잣말을 하는 것입니다
어제 쪽으로 마음을 열면
댓돌에 놓여있는 짝짝이 당신
기다려도 돌아오지 않고
마당이 패인 오른 발자국의 뒤꿈치에
하지 못한 말처럼 비가 고였습니다
왼발에 당신을 신습니다
그리움이 신발 끈을 조여 맵니다
내일 쪽으로 바라보지는 않겠습니다
모르는 길로 들어가고 있습니다
뒤뚱거리며 발자국이 따라옵니다
아직 오른발은 맨발입니다
당신이 지금 어눌한 말을 듣고 있다면
곧 잠잠해질 것입니다
무언가를 신고 있을 때 길을 잃습니다

손
석
호

손석호 _ 경북 영주 출생 2016년 《주변인과문학》 신인상 등단. 공단문학상 최우수상 수상.

송
경
애

목발

한쪽 다리 잃은 꽃 한 송이
언덕길 걸어 오르고 있다 눈이 부시다
사람 사람들 다리 다리들 사이, 저 목발
목발 위 눈부신 꽃, 그 꽃바람 부다의 언덕길을 환하게 열고
있다
밝은 해 같은 소녀의 얼굴 그 기운 언덕위로 화~ 퍼진다
목발 위로 통통 뛰어 오르는 목소리 트럼펫 소리처럼 하늘
로 날아간다
소녀의 긴 황금빛 머릿결 같은 봄바람이
마로니에 꽃향기 주머니 톡톡 터트리고
하르르 하르르 꽃 피듯 흐르는 도나우강을 푸르게 푸르게
노래 부른다
언덕을 춤추듯 오르며 불꽃처럼 피어나는 꽃
봄 보다 눈부신 봄, 봄꽃보다 더 눈부신 꽃
겔레르트* 언덕 위 목발 위에서 화들짝 피어난 꽃
오늘 그 꽃 내 심장에
불꽃으로 화인 되었다

* 겔레르트 : 1045년 헝가리 최초의 순교자인 베네딕또 수도회 수사의 이름.

송경애 _ 강원 화천 출생 2003년 《문학예술》 등단. 시집으로 〈세상에서 가장 따뜻한 말〉이 있음.

소금시
발

홀몬전서 51장

송
과
니

무조건적인 것을 위하여

그런 것은 그런 것이게,
천지간의 공간을 충분히 열어
그 자리에
그러함이 이치가 붙이와 붙이시게
하고, 시詩는
뜨거운 얼음과 차가운 불이 빚어낸
자유이나.
허무는 사상으로 단련된
문장이 지닌
바람을 허허벌판에 거침없이 부리고
다시 세우는 미학으로
조련된 문장이
망망 우주를 타고 넘는 것

송과니 _ 2015년 시집으로 등단. 2010년 수주문학상 대상 수상. 시집 〈밤섬〉 〈내 지갑 속으로 이사온 모티브〉가 있음.

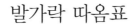
송
병
숙

발가락 따옴표

아버지가 발을 끌며 걷는다
한 걸음 들었다 한 걸음 느리게 내려놓는다

날개는 어둠에서 나왔어 새를 키우는 일은 가슴에 터널을
뚫는 일이야

부드럽게 리듬을 타는 발가락은 넝쿨을 닮았다
뻗어 나가기 위해 구부림을 주저하지 않는
입관실에서 아버지는
마디마디 꺾인 발가락을 나팔꽃처럼 펼쳐 보였다

생의 마지막까지 옹크렸던 몸을 곧게 펴는 것은 걸어온 발
자국마다 따옴표를 찍는 일과 같아서 행간과 행간 사이 말라
버린 눈물송이들이 바삭 부서진다
넝쿨손이 퇴화된 아버지는 절벽에 부딪힐 때마다 모퉁이가
한 점씩 떨어져 나갔으리라
뼈는 꺾여 중심을 옮기느라 걸음걸음 어두웠으리라

새보다 가벼운 접지의 순간
피 묻은 무지외반증의 발가락이
잃어버린 날개인 양 활짝 펄럭거렸다

송병숙 _ 1982년 《현대문학》 초회 추천부터 활동. 시집으로 〈문턱〉이 있음. 현재 한국시인협회 회원.

달팽이, 시간을 굴리다

송
연
숙

달팽이가 지나간 배춧잎은 텅 비어 있다

비어 있는 문양은 느린 시간의 발자국, 무형의 무늬 속으로
늦여름이 빠져나간다 사각사각 초침들이 배추 이파리를 지날
때 점액질 흰 달은 둥글게 살이 찐다 여름의 막바지들이 겹겹
으로 들어차고 막바지에 다다른 파란을 달팽이가 갉아 먹는
다 파란의 흉터는 공중의 숨구멍

흉디는 파란이 파란波瀾을 겪으며 걸어온 흔적이다

달팽이가 지나온 흔적 너머로 늙은 개가 하품을 하고 밀잠
자리들이 고춧대 끝에서 구름의 전파를 잡는다 알밤이 툭툭
가을을 세고 수수열매 자루들마다 공중을 쓸고 있다

지금은 배추들이 겉잎을 버리는 시간
풀벌레 소리가 배춧잎으로 스며드는 시간
햇살과 바람의 끝자락이 알곡처럼 자루에 담기는 시간

오른돌이바람이 천천히 공중의 시간을 돌리고 있다

송연숙 _ 2016년 《시와표현》 등단. 2019년 강원일보 신춘문예 당선. 현. 중등학교 교사.

발 — 김용균법

새벽 세시 오십삼 분

피뢰침은 정월 대보름달의 중앙을 지나가고 있다

김용균은 살아 돌아왔다

수많은 노동자를 환히 밝히고 있다

송진 _ 1999년 《다층》 제1회 신인상으로 등단. 시집으로 〈지옥에 다녀오다〉 〈나만 몰랐나 봐〉 〈시체 분류법〉 〈미장센〉이 있음. 계간 《사이펀》 책임편집인.

기린

소금시
발

기린이 피었습니다
나무보다 높게
꽃처럼 피었습니다

위에는 뭐가 있을까
더 위에는 뭐가 있을까

궁금해서 목을 쭉 빼고
위만 쳐다보니
자꾸 자꾸 키가 커졌습니다

키가 너무 크다 보니
발가락이 간지러워도
긁을 수가 없습니다

신
미
균

신미균 _ 1996년 월간 《현대시》 등단. 시집으로 〈맨홀과 토마토케첩〉 〈웃는 나무〉 〈웃기는 짬뽕〉 등이 있음.

소금시
발

신
사
민

소금발

발에 소금바람이 분다, 설렘
발이 소금밭을 일군다, 자애

조금씩 소금발이 자란다, 희망

발이 소금꽃을 피운다, 햇볕
발이 소금노래를 부른다, 사랑
발에서 소금향기가 난다, 웃음
발에서 소금맛이 익는다, 성숙

소금세상이 열린다, 행복
소금별이 뜬다, 생각
소금꿈을 꾼다, 환상
소금기둥이 된다, 불순종
소금꽃잎이 진다, 눈물

발에 소금을 뿌린다, 정화
발이 소금길을 걷는다, 인내
이윽고 소금달이 뜬다, 마음

마침내 소금발이 간다, 지혜

신사민 _ 2019년 계간 《시와소금》 신인상 당선으로 등단.

발자국

일본군 대위를 때려죽이고 숨어들었던
공주 마곡사의
숲길
격분과 격정을 다스리며 조용히 마음을 정리하던 곳
깊고 따뜻하다
아직도 약간 혈떡이는 잎사귀 하나하나에
남아있는 향기
나라는 어지럽고 무력했으니
답답한 마음만 숲을 뚫고 올라가 허공에서 맴돌았으리
임정의 문지기에서 최고수반, 암살대상 1호
적을 척살하는
무수한 폭탄을 터뜨리지만
마침내 간자의 흉탄에 맞게 될 운명을 무겁게
짊어진
젊은 백범의 가뿐했을 걸음

신원철 _ 2003년 《미네르바》 등단. 시집으로 〈노천탁자의 기억〉 〈닥터 존슨〉 외. 현재 강원대학교 삼척 캠퍼스 영어과 교수

심
동
석

발

길이 끝나는 곳에 발이 누웠다
발자국만 남긴 채 말이 없다

서로 다른 길을 가던 발들이 모여 와 웅성거린다
촛불 아래 누운 이가 걸어온 길의 여백에
몇 개의 쉼표와 마침표를 찍고 말의 붓을 놓는다
이로서 길은 완성되었다는 듯,
시침이 자근자근 오디 빛으로 익어 드는 밤
발들은 다시 저마다의 길을 향해 떠난다

발, 이 땅의 모든 발에는
해독할 수 없는 저만의 길이 숨어있다
발이 누울 때 우리는 침묵해야 한다
발아래 흐르던 붉은 울음이 지면, 홀로
천공을 걸어갈 이에게 경배해야 한다
길의 여백은 발이 남기고 가는 것일 뿐
손 흔들어 꽃다운 작별을 해야만 한다

길의 끝에서 발은 눕지만, 지나온 길에
새겨진 발자국은 누구나 미완으로 남는다

심동석 _ 2013년 《문학시대》 등단. 한국문협, 강원문협, 삼척문협, 두타문학 회원

길 위의 판화

소금시
발

심
상
수

천천히 SLOW! 교통 표지판이 불길한 속도를 긋고 있다 일제히 새들 날아 앉는다 가로등이 솟아오른다 헐어가는 정자 기왓장 위로 접거나 나는 날개의 형상이 깊거나 돋아나 어둡거나 환하다

버스가 정거하자 우르르 일어서 통로에 줄을 대고 내린다 앞 사람을 모르는 그를 뒷사람이 알지 못한다 한꺼번에, 달려오는 차를 가로막고 역을 향하여 횡단 목을 스며나간다 서로의 뒷모습을 보지 않는다

칼끝에 엄지손가락을 눌러 왼 손목을 천천히 밀어낸다 젖혀지는 살갗이 자라듯 일어선다 이 날의 새는 한쪽 다리를 잃은 붉은 부리, 가느다랗게 울음이 흘러내린다 꽁지깃이 선연하고 위태로운,

눈 쏟아지는 기왓골 이음새로 날捺이 깊어질 때, 한 사람이 절룩인다 영원히 살 것 같은 새벽이 깊고 단호하게 눈 발자국 떠낸다 제 발로 옮겨 다니며 어른거리는 얼의 굴窟, 발자국 찍힌다

태양의 발가락이 뜨겁다 뽀득, 눈 밟히는 소리 새 날에 새 판版을 뜬다

새들 날아오른다

심상숙 _ 2014년 《시와소금》 신인상으로 등단. 서울시 초등교원 퇴임.

시와소금
정기구독 · 후원회원 안내

《시와소금》은 독자와 함께 호흡하는 시 전문지입니다.
《시와소금》은 시를 사랑하는 분들이 함께 읽는 시지입니다.
《시와소금》은 모든 분들의 의견을 겸허히 받아들이겠습니다.

정기구독	1년 60,000원, 2년 120,000원, 3년 180,000원
	본지가 주관하는 모든 행사에 주빈으로 모십니다.
	구독기간 중 책값이 올라도 추가부담을 드리지 않습니다.
	국내 운송료는 본지가 부담합니다.
	본지가 발행하는 모든 도서를 30% 할인해 드립니다.
후원회비	150,000 (1구좌), 300,000 (2구좌)
정기구독 및 후원금 접수방법	아래 계좌로 입금 후, 전화 주시거나 이메일로 연락주시면 됩니다. 국민은행 | 231401-04-145670 (임세한)
기타 안내말씀	입금 후, 이메일이나 전화로 주소 및 성명을 알려주시기 바랍니다. 구독기간중 주소가 바뀌신 분은 담당자에게 연락주시기 바랍니다. _ 정기구독담당자 | 033-251-1195, 010-5211-1195 _ 이메일주소 | sisogum@hanmail.net

• 발행 | 강원도 춘천시 충혼길 20번길 4, 시와소금 (우편번호 24436)
• 편집 | 서울시 중구 퇴계로50길 43-7 (우 04618)
• ☎(033)251-1195, 010-5211-1195 / sisogum@hanmail.net

ㅎ-1

안명옥 안영희 양소은 양승준

양창삼 염창권 오승희 오영미

오원량 우정연 유기택 유승도

유영화 유자효 유재영 윤강로

윤석산 윤용선 윤향기 이기철

이동순 이명옥 이무상 이병곡

이병달

안
명
옥

발

퇴근 때마다 나도 모르게
집과는 반대 방향으로 걸어가곤 하던 나의 작은 발

흙의 숨을 느끼고 싶어서
맨발로 걷는데 매달리던 시간들

나를 비껴가는 길들을 어쩌지 못하고
먼데서 들려오는 종소리 듣고 돌아오는 저녁

길에 찍힌 발자국의 깊이가 모두 다르고

견디며 나아간 누군가의 발자취도
어느 시간이 지나고 나면 사라지는 것

자꾸만 당신 있는 곳으로 내 발은 방향을 틀고
하늘에선 다시 사라진 발들이 총총히 떠오르고

안명옥 _ 2002년 《시와시학》 제1회 신춘문예 등단. 시집으로 〈칼〉 〈뜨거운 자작나무숲〉 〈달콤한 호흡〉
이 있고, 서사시집으로 〈소서노〉, 장편 서사시집 〈나, 진성은 신라의 왕이다〉가 있음. 성균문학상, 바움문
학상 작품상, 만해 '님' 시인상 우수상, 김구용문학상 수상.

등산화 두 발의 정물

안
영
희

 다가가 마주 서도 정면 그대로 꼼짝도 없는 갈색 눈동자
 이른 3월 아침 햇살 담벼락에 잽싼 경계의 습성도 흘려버린
듯 쭈그려 앉은
 고양이 한 마리

 일 마치고 점심 먹고 벗든 패는 청세친 긴니 되돌아 내려올
때까지
 뼈 시린 대리석 그 자리 한 장 담요로 못다 덮은
 낡은 등산화 두 발
 둘러봐도 두 손바닥커녕 구걸의 흔적 한 점 없이

 가방을 메고, 손에 커피잔을 들고 끼리끼리 여념 없는 서울
의 심장에다
 쿠웅, 판 폭약의 절망한 채
 그 투명정물에게 끼어있었을까 내 스커트 뒷자락이

 이른 봄날 아침 나를 불러 세우네 병든 고양이를 덮어주는
 홑이불 햇살이
 교통경찰처럼

안영희 _ 1990년 시집 「멀어지는 것은 아름답다」로 등단. 시집으로 《내 마음의 습지》 《어쩌자고 제비꽃》
등 6권. 도예 개인전 《흙과 불로 빚은 詩》 개최. 현재 계간 《문예바다》 편집위원.

양
소
은

발을 깊이 디뎌 봐

우산을 펼치면 하늘이 노랗게 쏟아져 내린다. 구름은 사막의 얼굴,

액자에 걸린 채 눈빛이 꽃처럼 색깔이 많아요. 녹슨 문을 열고 들어가 엄마에게서 아빠를 지우면 쿠팡은 별이다. 찾을 수가 없었어.

또각또각, 침묵이 고여 있는 창문, 가을이 피아노를 그린다. 라장조의 음계가 밤을 딛고 있다

골목을 헤매다 가는 벽, 창호를 닮아가고 절벽 끝으로 날개를 펼쳐봐, 추락하는 날들이

쌓이고 쌓이는……빗방울의 큰 발에게 신발을 선물하고 싶다. 네 심장이 검은, 불타는 소식들 깊이

양소은 _ 2013년 《시와소금》 등단. 시집으로 〈노랑부리물떼새가 지구 밖으로 난다〉가 있음.

마리오 루폴로*

양
승
준

먼 성지에서 돌아온 순례자인 듯
나, 상처 난
갈색 구두 한 켤레와
노란 빗살무늬 넥타이 한 장과
잿빛 양복 한 벌을 향하여
오늘도 머리 숙여 경배하리니
아, 발끝마다 기억된
수많은 신神들의 집과
열락을 꿈꾸었던
그 무수한 길들, 그러나
정작 이제부터 내가 해야 할 일은
혼자 남는 날을 위하여
시간의 붉은 흡반에다
내 영혼을 구겨 넣는 것, 이를테면
저 아드리아 해의 빛나는 햇살 속으로
내 시를 죄다 쑤셔 박는 것이다

* 마리오 루폴로 : 영화 「일 포스티노」에 등장하는 주인공 우편집배원의 이름

양승준 _ 춘천 출생. 1992년 《시와시학》 및 1998년 《열린시조》 등단. 시집 〈적묵의 무늬〉 〈뭉게구름에
관한 보고서〉 〈슬픔을 다스리다〉 등.

날 우뚝우뚝 세우는 너의 헌신에

양
창
삼

구름 따라 어디든 가고 싶다 할 적마다
넌 아무 말 없이 친구가 되어주었지.
네가 기꺼이 나에게 다가오지 않았다면
이 모두 불가능한 것 아니겠느냐.

급한 마음에 뜀박질시켜도 비명 한번 지르지 않고
모든 근육을 동원해 나를 응원했어.
어디서 그런 힘이 나올까.

그런 네가 있어 오늘을 만나 얘기하고
고개를 높이 들어 하늘을 향해 소리치며
괜한 미련 세상에 두지 않고
작은 꿈 동실동실 띄울 수 있었다.

밤마다 네 등을 어루만지며 말한다.
내일도 나랑 함께할 거지
네가 고개를 기쁘게 끄덕이지 않는다면
난 결코 단잠을 이룰 수 없을 게야.

단 한 번도 너를 칭찬한 적 없지만
언제나 가장 낮은 자리에서
날 우뚝우뚝 세우는 너의 헌신에
네 어찌 솜털 양말 하나 선사하지 못하랴.

양창삼 _ 1966년 시집 『부르고 싶은 이름들』로 작품활동 시작. 시집으로 〈그 겨울의 아침 바다〉 〈내가 고요를 만날 때〉 〈바람에게 말을 걸다〉 등 10권. 한양대 경상대학 학장 및 동 산업경영대학원장 역임. 현재 한양대 경상대 경영학부 명예교수.

맨발

염
창
권

입양 간 아이가 엄마를 찾았을 때
계단 앞에 길 막혀 손짓으로 보내던 날
얼굴은 기억도 없는데,
발꿈치만 생각나서

먹먹한 숨결 맺혀 허공이 출렁일 때
어린 발이 지나갔을 비행기의 트랩 따라
빈 하늘 손으로 더듬어 가슴께에 얹었다

허공 앉힌 품 안에서 거미줄만 걸린 세월
어린 발이 맨땅을 지나는지 선득하더니

공중을 걸어온 낮달을,
조심스레 씻긴다

염창권 _ 1990년 동아일보 신춘문예 등단. 시집으로 〈그리움이 때로 힘이 된다면〉 〈일상들〉과 시조집으로 〈햇살의 길〉 〈숨〉 〈호두껍질 속의 별〉 〈마음의 음력〉 등이 있음. 평론집으로 〈존재의 기척〉 외, 한국시조시인협회상, 중앙시조대상, 오늘의시조문학상 등 수상.

소금시
발

오
승
희

강가의 아침

아프다 말하지 마 헐벗은 내 발이여

저며 오는 고통은 켜켜이 익어가고
눈물이 골수로 흘러 치욕의 강 된다 해도

물 깊은 바다 기꺼이 딛고 올라오리
따스하게 조잘거릴 장밋빛 햇살 마주치니

그 강가
고이 벗은 신발은 지나간 삶의 껍질

오승희 _ 2013년 《유심》 신인상 등단. 시집으로 〈슬픔의 역사〉가 있음. 2015년 아르코 문학창작기금 받음.

시 발

돌이킬 수 없어
통증도 사라졌지
걸어 다니다 물집 생긴 발을 봤어
사각으로 갇힌 흰 공간
모퉁이마다 굳은살로 각질이 쌓였지
주로 뒤꿈치에 생긴 물집
길들어지지 않은 쓸림이 이유였어
누운 백지는 늘 나를 유혹하지
뭐라도 써보라고 비아냥거려
한쪽으로 기울어지는 비평형 감각
아파요, 아파서 더는 쓰고 싶지 않아요
피로한 발로 순백의 종이 위를 어지럽힌다
싸늘하게 흔들리는 보행의 압력
검은 점들이 교란하는 우울
온종일 서성였던 종아리의 부기를 눌렀어
시 발, 돌아갈 수 없는 다시

오영미

오영미 _ 2015년 《시와정신》 가을호 시 부문 등단. 한남대 문예창작학 석사 수료. 시집으로 〈상처에 사과를 했다〉〈벼랑 끝으로 부메랑〉〈올리브 휘파람이 확〉 등. 에세이집으로 〈그리운 날은 서해로 간다 1·2〉가 있음. 한국시인협회, 한국문인협회, 충남시인협회, 충남문인협회, 서산시인회 회원.

첫 발에 길

오
원
량

빛 안으로 맨 처음 넣은 발은
기둥을 받히는 주춧돌이 되었다
문 앞에 선 발이
울음소리로 길을 열었을 때
하늘이 네게 안겼다

네 길은 그렇게 시작되었다

젖은 땅에 첫발자국을 찍었을 때
세상 모든 꽃이 피어
천사의 이마를 환하게 밝혀주고
너는 꽃잎을 밟으며
먼 지평선으로 걸어갔다

오원량 _ 1989년 《동양문학》 등단. 시집으로 〈사마리아의 여인〉 〈새들이 돌을 깬다〉가 있음. 부산시인협
회 작품상 수상.

귀갓길 그들

소금시
발

우
정
연

종일 의지 없이 감각만으로 앞서 온 그들이
제풀에 젖어 쉴 자리를 찾는다
더러는 쉼 없이 걸었을 수도
시큼한 냄새에 절였을 수도
어깻죽지 축 늘어진 그들 곁엔
하루를 빈둥거리다 슬그머니
제자리로 돌아가는 친구도 있고
하마터면 제집도 못 찾아갈 뻔한 이도 있다
순전히 어눌한 눈썰미와 순응에 길들여졌기 때문이다
하루하루 살아낸
먹다 둔 국수 가락처럼 불어터지고 풀죽은 그들이
돌아가는 길은 늘 어둠 속 중얼거림이다
눕고 싶다 눕고 싶다
귀갓길 발들은 다소곳이
마음을 잡은 듯 몸 부릴 곳을 향하는
거부를 모르는 순종이다

우정연 _ 전남 광양 출생 2013년 《불교문예》 등단. 시집으로 〈송광사 가는 길〉이 있음.

유
기
택

발자국 편지

잣눈 내린 새벽
대문 앞 숫눈 위

맴돈 듯 흩어진 발자국

새벽까지 걸었을
당신 생각을 알겠습니다

소인 없는 편지에
살눈 살짝 덮은

유기택 _ 1958년 강원도 인제 출생으로 3살 이후 춘천에서 삶. 2012년 시집 〈둥근 집〉으로 데뷔. 시집으로 〈둥근 집〉 〈긴 시〉 〈참 먼 말〉이 있음. 춘천의 〈시문 동인〉으로 활동 중.

커다란 발자국

유
승
도

어젯밤에는 주룩주룩 비가 왔는데, 늦게까지 빗소리를 들으
며 잠에 들지 못했는데
　집 옆 옥수수밭을 뭉개 놓은 커다란 발자국
　옥수수 대신 땅을 쿵쿵 찍어 남겨준, 내 주먹의 배는 됨직한
커다란 발자국
　며칠 전엔 집 앞 감자밭을 들쑤셔 놓더니
　집 뒤에 안전히 앉은 무덤도 파헤쳐 놓더니

　이웃이 나눠준 옥수수로 옥수수맛을 보면서 텃밭에 심어놓
은 고구마를 어찌 지킬까 생각한다 울타리를 쳐야 하나, 경광
등을 달아야 하나, 꽝꽝 대포 소리라도 울려야 하나, 라디오
라도 틀어야 하나, 그것도 아니라면 밤새 보초를 서야 하나

　에이이잉, 다 귀찮으니 보시하는 셈 칠까?
　가만, 올무를 설치해? 아니면 함정을 파?
　생각에 생각을 잇게 하는 커다란 발자국
　다시 하루가 저물면서 비가 내리기 시작하는데

유승도 _ 1995년 《문예중앙》 신인상 당선으로 등단. 저서로 산문집과 시집 〈딱따구리가 아침을 연다〉
외 9권. 현재 강원도 영월 망경대산에서 농사를 조금 지으며 살고 있음.

소금시

발

유

영

화

심심함 따돌리기

축구공 안고 뛰어간 운동장
나 혼자다.

커다란 은행나무, 포실한 소나무
화단 속 천일홍과 금계화가
심심해 보였다.

'애들아 어서와 같이 놀자~'

잎사귀 촘촘한 소나무야 너는 골키퍼 해
천일홍 너는 나랑 편 먹자
은행나무 너는 심판하면 되겠지?

아~ 나무도 발이 있다면
꽃들도 꽃신 신고 뛸 수 있다면
운동장의 심심함 벌써 따돌렸겠다.

유영화 _ 2018년 《시와소금》 신인문학상 동시 당선으로 등단.

발

소금시
발

유
자
효

발이 웃는다
발이 운다
발이 찡그린다
평생 온몸을 떠받치고
모시고 다니느라
더러운 것인 줄 알았는데
발에도 표정이 있다
품격이 있다
예쁘다

유자효 _ 1968년 신아일보(시), 불교신문(시조)으로 작품 활동 시작. 단시조집 〈황금시대〉, 시집 〈꼭〉, 번역서 〈이사도라 나의 사랑 나의 예술〉 등 출간. 정지용문학상 등 수상.

소금시
밭

유
재
영

마카로니웨스턴

　서대문구 충정로 2가 75번지 삐꺽대는 목조계단 2층 그 옛날 現代詩學社. 내일이면 아들이 사는 플로리다로 떠난다는 박남수 선생이 와 계셨다. 전봉건 선생이 당신만큼이나 과묵한 돌 하나를 건넸다. 삼십 년이 지나 이제 박남수 선생도 전봉건 선생도 하늘나라로 가고 남한깅 돌밭들도 모두 물속으로 사라졌지만, 왠지 까욱까욱 까마귀 날아가는 황혼을 배경으로 룩색 멘 전봉건 발자국 저벅저벅 찾아올 것만 같은 저녁,

유재영 _ 충남 천안 출생. 1973년 시 박목월, 시조 이태극 추천으로 문단에 나옴. 시집으로 〈한 방울의 피〉 〈지상의 중심이 되어〉 〈고욤꽃 떨어지는 소리〉 〈와온의 저녁〉과 시조집으로 〈햇빛시간〉 〈절반의 고요〉 〈느티나무 비명碑銘〉과 4인집으로 〈네 사람의 얼굴〉 〈네 사람의 노래〉 등이 있음.

일장춘몽

고운 이
흰 발등 맨발로
징검다리 건너오라
맑은 물 잔물살 튕겨 적시는
징검다리 건너오다가
한 잎 복사꽃으로 화사하게 날리다가
나비 나풀 사라지라
아니면, 가까이 오라
은장도 품어 새초롬한 눈길로
징검다리 건너오라
낭자한 꽃피 향기에 취한
너의 눈부신 몸살끼
아아아 봄날이 좋아
흰 발등 맨발
은장도 카알

윤
강
로

윤강로 _ 고려대 국문과 졸업. 1976년 《심상》 신인상으로 등단. 시집으로 〈발성법〉 〈피피피 새가 운다〉
〈작은 것들에 대하여〉 외 다수. 한국시인협회 심의위원.

사랑, 비디오는 끝나고

그대에게 가는 길은 늘 새롭다.

징검다리 위를 달리며
때때로 꿈 밖으로
문득,
헛딛는 나의 한쪽 발.

(겨울은 저만치 언 발을 절뚝이며 사라져가고.)

막막한 자막字幕 위,
아직
끝나지 않은
이름들, 이름들.

세상은, 그러나 소리 없이 명멸하고 있었다.

윤석산(尹錫山) _ 서울 출생. 1967년 중앙일보 신춘문예 동시 당선. 1974년 경향신문 신춘문예 시 등단. 시집으로 〈바다속의 램프〉〈온달의 꿈〉〈처용의 노래〉〈용담 가는 길〉〈밥 나이, 잠 나이〉〈나는 지금 운전 중〉〈절개지〉 외. 저서로 〈용담유사 연구〉〈동학사상과 한국문학〉〈동학·천도교의 어제와 오늘〉〈주해 동학경전〉 외 다수. 한국시문학상 본상, 편운문학상 본상, 펜문학상 본상 수상. 천도교 서울교구장 역임. 현재 천도교 중앙총부교서편찬위원장, 한양대 명예교수, (사)한국시인협회 회장.

눈밭에서

소금시
발

윤
용
선

아무도 지나가지 않은 눈밭에
새로 하얀 발자국이 났다
누가 어디서 왔다가
다시 어느 먼 곳으로 갔는지
한 발, 한 발 지르밟으며 나아간
뽀송뽀송한 영혼의 흔적 또렷하고
참, 깨끗하다
험한 길, 곤한 몸 이끌며 갔을
두 발의 외로운 노동이
결코 만만치 않았을 텐데
그때마다 앞만 보고 내딛은
맑은 결기가 오롯하다
눅눅한 세상의 하고 한 얼룩들
모두 거두어 가슴에 안고
저만치 누워있는 눈밭의 고요 속을
오늘은 또 누가
어떤 발자취로 길을 열며
하얗게 지나가고 있을까, 있을까

윤용선 _ 1973년 강원일보와 《심상》 등단. 시집으로 〈가을 박물관에 갇히다〉 〈꼭 한 번은 겨자씨를 만나야 할 것 같다〉 〈사람이 그리울 때가 있다〉 〈딱딱해지는 살〉 등이 있음. 문화커뮤니티 〈금토〉 이사장 역임. 현재 시외소금 편집자문위원, 춘천문화원 원장.

윤
향
기

룽다의 오색 탑이 부서졌다

밀회를 즐기던 라마가 쏟아졌다
타고 놀던 물고기 꼬리가 쏟아졌다
전갈에 찔릴 뻔하던 사막이 쏟아졌다

당신 속으로 들어가 흩어진

발

언제 끝낼까
묵언 수행

윤향기 _ 1991년 《문학예술》로 등단. 시집으로 〈피어라, 플라멩코〉 외 다수. 에세이으로 〈아모르파티〉
외 10권 평론집으로 〈나는 타인이다〉 외 2권.

발

세상 고샅고샅길 너와 함께 걸어왔구나
걸어온 눈썹길 손톱길 이름 다 잊어버려도
너는 딛고 온 땅이름 흙이름 다 기억하는구나
산 높고 물 멀어도 남은 날 함께 가자꾸나
가장 낮아서 가장 높은 이름, 발이여

이
기
철

이기철 _ 1972년 《현대문학》 등단. 시집으로 〈청산행〉 〈흰 꽃 만지는 시간〉 등 다수.

이
동
순

발자국

눈 쌓인 산길
그 등성이 나무숲 사이에서
나는 보았다
하얀 눈 위에 찍혀서 어디론가 길게 이어져 있는
산짐승의 발자국들을

적막한 밤
혼자 지향없이 헤매다니던 쓸쓸한 시간들이
고달픈 자신의 온몸으로
이 지상에 찍어놓은 무수한 도장을
그 애련의 흔적을

이동순 _ 1973년 동아일보 신춘문예에 시 당선. 시집으로 〈개밥풀〉 등 16권. 분단 이후 최초로 백석 시인
의 전집을 발간하고 시인을 문학사에 복원시킴. 각종 저서 55권 발간. 신동엽문학상, 김삿갓문학상, 시와
시학상, 정지용문학상 등 수상.

세족식 유감

소금시
발

이
명
옥

첫 대면일 때
자신의 존재감을 드러내는 데
발만 한 지체가 또 있을까 싶어
저것 좀 봐,
우쭐우쭐 일어나 첫걸음을 떼는 아가를 보면 알 수 있지
발은 손이라는 지체와 함께
그야말로 '손발'이 잘 맞아
한 세월을 보내곤 하는 것인데
유독 발만을 폄하하잖아
바로 세족식이라는 것이 그러하지

나는 오늘, 욕조에 몸을 담그고
몇 번이고 몇 번이고 정성껏 발을 씻을 거야
그리고 진홍빛 장미색을 골라 페디큐어를 해야지
페디큐어는 세족식에 내몰린
발을 위한 보상이 아니야
발이 마련해준 가장 화려한
내 여자의 변신이지!

이명옥 _ 2016년 《대한문학세계》 등단. 시집으로 〈청회색 비낀 해질녘〉이 있음. 국제PEN한국본부, 한국
가톨릭문인회, 한국문인협회 회원

이
무
상

하루의 삶

사방 여섯 자 관
아침마다 수의를 다시 벗는다.
정 하나 묻고 갈
땅 한 평 없는 뜰
밟아도 다시 돋는 잡초로 선다.

버리고 갈 모든 것의 서러운 이야기와
축축한 잔정.
찬 흙 속 질긴 약속의 뿌리 걸며
스핑크스의 수수께끼를 푼다.

아침에는 네 발
점심에는 두 발
저녁에는 세 발.

사방 여섯 자 관
아침마다 잡초는 고운 이슬로
헤어지며 살아남는 연습을 한다.

이무상 _ 춘천 출생. 1980년 《현대문학》 등단. 시집으로 〈사초하던 날〉 〈어느 하늘 별을 닦으면〉 〈항교골 시첩〉 〈봉의산 구름〉 〈끝나지 않은 여름〉 등과 춘천지명연구로 〈우리의 소슬뫼를 찾아서〉가 있음. 강원문 인협회, 수향시낭송회 회장 역임. 현재 강원문인협회 고문. 문소회 회장.

발의 꿈

어떤 발은
뿌리를 힘차게 내려
지구의 중심을 향해 날아갑니다

어떤 발은
땅을 박차고
우주의 중심을 향해 날아갑니다

어떤 발은
한평생 걷다 닳아서
땅바닥에 눕고 맙니다

처음에는 그도
날아가는 꿈을 꾸었지만
짊어진 짐을 내려놓을 수 없었지요

그는 몰랐습니다
언젠가는 날개가 되어
영원히 날게 될 줄을

이
병
곡

이병곡 _ 2010년 《시평》 등단. 시집으로 〈풀의 눈물을 보았다〉, 소설집으로 〈지야의 느티나무〉가 있음.

이
병
달

뜨거운 감자, 내 작은 발

한비야*가 성당에서 자랑 말했다
발이 무지 작다고
천사는 발이 작아 하늘을 쉬 날 수 있고
자신도 이 지구별을 맘대로 나댄다나
그래, 멀리 나는 새는 발이 작고 발 없는 말이 천리를 간다
나도 발이 작아 싶은 날,
아끼던 아내 운동화나 등산화를 멋대로 신고 다녔다
그때마다 무좀을 옮긴 덕에 차곡차곡 수명을 적립해 두었다
〈반평발〉이라는 장애를 안고 태어난 내 작은 발
코흘리개 때부터 단거리선수였는데
오래, 멀리달리기엔 굼벵이로 땅을 치며 운 적 많았다
나이든 지금, 곰곰 생각하니
발이 작아 큰 도둑놈이 되지 못했고 또, 신발을 자주 잃지
도 않았다
첨부터 가장 낮은 곳에 임한 나의 종, 뜨거운 감자
끝내는 나를 하늘나라로 이끌, 내 작은 착한 발

* 한비야 : 한국을 대표하는 국제구호활동가이자 작가

이병달 _ 경북 김천 출생. 경북대 사학과 졸업. 2012년 《시와산문》 등단. 시집으로 〈별바라기〉, 시산문집
으로 〈별의별 이야기〉 등. 한국시인협회 회원. 현재 「아트—포엠(Art—Poem)」 대표.

ㅇ-2

이사라　이사철　이서빈　이성웅

이숙자　이승용　이승하　이여원

이영수　이영춘　이원오　이은봉

이재무　이정록　이정오　이종완

이태수　이화주　임동윤　임동학

임문혁　임솔내　임승환　임양호

임영석　임지나

이
사
라

발의 세계

누구나 가는 길이라는데
나는 세상을 이렇게
서툴게 걷고 있다

걸음걸음이 아프다

세상 바닥 따라서
온 힘으로 걸었을 뿐인데

내 몸에서
보이지 않는 바닥이 있는 건
발뿐이었는데

오늘 밤
뒤늦게 아픈 발을
오래 쓰다듬으니
보이지 않던
그 마음이 보인다

이사라 _ 1981년 《문학사상》 등단. 시집으로 〈히브리인의 마을 앞에서〉 〈미학적 슬픔〉 〈숲속에서 묻는
다〉 〈시간이 지나간 시간〉 〈가족박물관〉 〈훗날 훗사람〉 〈저녁이 쉽게 오는 사람에게〉가 있음. 대한민국 문
학상 수상. 현 서울과학기술대학교 명예교수.

눈 내리는 봄밤 — 어머니들에게

아름다운 사람은 그림자에서도 향기가 납니다
아름다운 사람은 그늘에서도 꽃을 피웁니다
당신이 그렇고 그렇습니다
먼 데서 만리향이 솔솔 불어옵니다
당신의 발자국 소리 들립니다

사부랑삽작

달려나가 안기고 싶지만
행여 넘어질까
예서 기다리렵니다

당신은 그림자이고
그늘입니다

당신의 발끝에서
치맛자락
끌리는 소리 납니다

이사철 _ 2015년 《시와소금》 등단. 시집으로 《어디꽃피고새우는날만있으랴》 《눈의 저쪽》 《멜랑코리사피엔스》가 있음. 현재 시와소금 기획위원.

이
서
빈

발버둥

열린 문은 반드시 닫힌다. 노인의 발치나 손끝에서 나오는 주름진 말들을 모아 지혜서를 만드는 초록의 문밖. 지주의 말 속에는 짐승의 나이로 죽음이 자란다. 누전인지 정전인지 검은빛에 물든 기난. 죽음과 잠은 같은 종류의 무아지경 같은 것. 매일 이승과 저승의 집 한 채를 짓느라 발버둥 친다. 빛과 그늘이 씨줄 날줄로 짜이진 촘촘한 봄날은 하루 종일 나뭇가지에 걸터앉아 바람을 타고 있다. 종달새 노래는 풍년 소쩍새 울음은 흉년. 허기진 땀구멍엔 소금기만 서걱거린다. 달빛이 키우는 소리와 별빛이 돌보는 소리가 같은 봄밤 아래서 자란다. 올챙이 울음과 어린 뱀 웃음이 회전문처럼 꼬리를 물고 돌아간다. 회전문에서 발버둥이 튕겨져 나온다.

발버둥은 발을 먹고 산다. 곰 발바닥을 먹어 성이 차지 않으면 닭발을 먹고 뼈있는 닭발은 뼈있는 말 하는 사람의 몫이고 뼈 없는 닭발은 말랑말랑한 말을 하는 사람의 몫이다. 발가락으로 가장 낮은 수량의 셈을 배운 사람들은 다 지혜롭다. 죽음이 가까워 올수록 발버둥엔 탄력이 생긴다. 귀가 큰 발버둥 소리, 바람 섶엔 빛과 그늘이 자리를 바꾸며 나뭇잎들이 발버둥 치고 있다. 얼룩진 소리를 뱉어내면서.

이서빈 _ 경북 영주 출생 2014년 동아일보 신춘문예 당선 시집으로 〈달의 이동 경로〉와 민조시집으로 〈저토록 완연한 뒷모습〉이 있음. 한국문협 인성교육위원. 국제펜클럽 회원.

발

소금시
발

이
성
웅

이 세상 발 디딜 곳 어디
그에게 한 발자국은 꿈속의 일,
익숙하게 다니던 길목도
이제 먼 피안이라서

가을 낙엽처럼
겹겹이 쌓인 원망의 그 날,
부모가 주신 귀한 발이
척추로부터 이탈되던 날
눈 떠보니 신도 외면한
얄궂은 운명의 길에 닿아 있어
한걸음은 아득한 절벽이고
땅 딛을 수 없는 상실감으로
세상은 온통 한 발자국 밖에 있어

더 이상 신세 한탄 않기로 했어
의지와 상관없는 대소변
휠체어만 유일한 친구라네
그가 잃어버린 건
다시 갈 수 없는 길도
지탱할 수 없는 다리가 아니라
한순간 끊어진 인연이라네
다람쥐 쳇바퀴로 살지만
살아 있어 고마운 날들이
발에 미안한 마음이

이성웅 _ 2006년 《울산문학》 신인문학상 등단. 시집으로 〈엘 콘도르 파사〉 〈클래식 25시〉가 있음. LG하
우시스, 한국표준협회 근무.

소금시
발
이
숙
자

발끝으로 서 봐

발끝으로 서서
하늘을 봐

조금 더
가까워지지?

손끝으로
하늘을 만져봐

따뜻하게
느껴지지?

거 봐!

발끝으로만 서도
손끝만 뻗쳐도

되잖아!

이숙자 _ 2018년 《시와소금》 신인상 동시 등단. 강원교원문학상 동시 당선 현재 춘천 봄내초등학교 교
장.

겸허의 발

이

승

용

발도 주인을 닮는다지요
발은 한계를 잘 압니다
바닥과 친해 끝이 어디인지를 압니다
언제 멈추고 언제 가야 하는지를 잘 압니다
발 빠른 욕심이 앞질러 가면
발톱을 세워 다지는 술도 압니다
미지의 세계를 다녀온 첫발과
양보로 배운 지혜의 한 발이
지상의 모든 냄새를 맡으며
뚜벅뚜벅 걸어가는 충실한 나침반이지요
더렵혀지는 건 발이 아니라 현실
바닥을 다독이며 가는 아름다운 수고입니다
내 발을 씻기신 예수님의 손이
창녀의 발에 입을 맞추던 예수님의 입이
두 발등 몸 엎드려 기도하는
겸허의 또 다른 이름입니다

이승용 _ 1990년 《시문학》 등단. 시집으로 〈춤추는 색연필〉이 있음.

이
승
하

맨발로

봄에는 대구역 앞 지게꾼
여름과 가을에는 리어카 행상인
대구시 칠성동 칠성시장
바짓가랑이 눙눙 걷어 올리고
내 할아버지 겨울 아님 맨발이었다고

살아서 돌아왔다 큰외삼촌
아무개 아버지도 아무개네 삼촌도
옷이 없어 먹을 게 없어 너무 추워서
길에서 죽었단다 국민방위군
큰외삼촌 살아서 돌아왔다 맨발로

길에서 죽었다 중앙대 선배 6명
경무대 사수! 경무대 사수!
내 태어난 바로 다음날
구두와 운동화 흩어져 있는 그때 사진
효자동 앞에서 종로 네거리에서

고교동창 광주로 유학을 갔다
광주에 있다가 광주에서 사라졌다
거리에서 한 두름 끌려가는 젊은이들
그중에 걔가 있었는지 알 수 없지만
내 눈은 티브이 볼 때마다 맨발로 간다

이승하 _ 1984년 중앙일보 시 당선. 1989년 경향신문 소설 당선. 시집 〈감시와 처벌의 나날〉〈나무 앞에서의 기도〉〈아픔이 너를 꽃피웠다〉 등. 시선집 〈공포와 전율의 나날〉, 소설집 〈길 위에서의 죽음〉. 평전 〈마지막 선비 최익현〉으로 경기문학대상 수상.

앗! 발이다

소금시
발

이
여
원

폭탄세일을 하는 달세 양말 가게 앞에서
발을 고르는 저녁
추운 겨울일수록 믿을 건 발밖에 없다고
손이야 제 염치를 감싸 쥐고 입김이라도 빌리지만
발은 너무 먼 곳이어서
쭈그리고 앉아 발을 고른다

전쟁도 아닌데 세상엔
웬 폭탄 맞은 것들이 이렇게 많을까
폭탄에 흩어진 발을 수습하듯 발을 고른다

얼어 죽은 고양이를 본 날
가지런한 것은 입가의 몇 가닥 염치와
네 개의 맨발바닥
20원짜리 흰 봉투에 담긴 70만 원의
자존감은 어떤 염치를 지나서 담겼을까
지상의 위대한 가족,
한 가족의 자존감 수치를 새삼 알게 된 저녁
아득한 벼랑 위인 듯 발을 고른다

치수에 맞춰진 발
절뚝거리는 발이나 번쩍거리는 구두나

모두 한 겹 신고야 말
납작한 한 켤레의 발

어느 흰 봉투에 남겨진
죄송하다는 말,
발을 고르다 받고 그 시린 발문에
중얼거린다, 죄송하다

발바닥보다도 못한 사각지대의
맨발이 달려드는
저녁에 앉아 따뜻한 발을 고른다

이여원 _ 2012년 매일신문 신춘문예 등단. 시흥문학상 대상. 2018년 아르코문학상 수상.

맨발

이
영
수

한 사내의 족적을 따라간다
맨발로 이 땅을 딛고 아장아장 걸으며
수 없이 넘어졌을 저 혼돈의 시간들
발걸음은 지구 자전 방향을 따라 돌고
벽시계의 커다란 초침을 따라 돌고
한 시절 충분히 바람을 가르던 발걸음
한 시절 충분히 비굴했을 발자국들
걸어가면 갈수록 깨닫게 되는
밟이야 설 수 있나는 엄연한 이치를
봄 여름 가을을 지나 겨울에 다달을 때쯤
저 밑에서 길을 가는 발걸음들은
소멸하는 질서 속에 편입되어
결국 맨발로 그 길을 따라간다

이영수 _ 2012년 《한국문인》 신인상 등단. 춘천낭송협회 회장 역임. 현재 춘천문인협회 이사. 구인문학
회 회원.

이
영
춘

발이 큰 내 아버지

내 뼛속에서 동숙하던 바람 소리
그 소리가 이제 사막을 건너갑니다
이 세상 하직하고 돌아가는 영혼이 우는 소리
서편제의 마지막 목줄 끊어지는 소리
뼈 마디마디에서 살아나는 신들린 사친곡입니다

물감보다 진한 피 한 방울 떨 귀 놓고 가신 당신
이 세상 가장 낮은 자리에서도
우주보다 크게만 보이던
발이 큰 내 아버지
이제 동그마니 아버지의 큰 뼈만 보입니다
큰 뼈 위로 강물이 따라가며 울고 있습니다

보이지 않는 세상 끝
지금쯤 어느 나라에 이르셨는지
아버지 등 뒤로 산이 무겁게 내려앉아 있습니다

이영춘 _ 1976년 **《월간문학》** 등단. 시집으로 〈봉평 장날〉 〈노자의 무덤을 가다〉 외 다수. 시선집으로 〈오줌발, 별꽃 무늬〉 외, 고산문학대상, 윤동주문학상, 천상병귀천문학 대상, 유심작품상 특별상 외 다수.

금동신발*을 신다

신발은 바람과 같다
바람의 속도만큼 신발의 뒤축은 닳아지고
허기는 짧아져 갔다
세상에 신을 수 없는 신발이란 없다
발과 신발의 치수가 다르다는 것은
평면의 셈법이 다르다는 것
발에 신을 담아야만 신발이 된다는 전설이 있어
계절별로 신발을 바꿔 신는다

금동신발을 신었으니 사자死者이다
이 신발에는 동물의 슬픈 절규가 없고
용이며, 도깨비가 같이 살고 있다
이승에서처럼 살기 위해 말이며 토기며 돌베개까지도
장만하였다
살아 오십 년이지만 죽어서는 천년을 내다본다
금동으로 만들었으니 저승으로 갈 때 물에 빠져도
말릴 필요가 없다
닳을 염려도 없는 저 질감!
바람마저도 공생을 거부했던 저 포부!
윤회를 깨고 모습을 드러내고 있다

탁탁

먼지는 털고, 메마른 땅을 밟고 다닌다
주인의 발을 덮었으니
세상을 덮은 것이다

* 2014년 나주 정촌 고분에서 발견된 국보급 유물

이원오 _ 2014년 《시와소금》 등단. 시집으로 〈시간의 유배〉가 있음. 단국대 행정학박사, 현재 용인문학회 부회장 겸 《용인문학》 편집장.

발

이
은
봉

눈도 둘이고 귀도 둘이다
손도 둘이고 발도 둘이다

오늘도 두 발은 거친 돌길
돌아다닌다 너무도 고생하는 발
무겁고 아리고 아프다

돌처럼 단단해지는 발
그만 돌이 되어버리는 발

돌도 손으로 오래 매만지고 주무르면
둥그런 달빵이 된다

보름달처럼 환하게 빛나는 발
오월의 보리밭 바람이
보름달을 자꾸 어루만진다

춘향이는 달도 둘이고 발도 둘이다
봉긋 솟아오르는 그녀의 달
그녀의 달을 보면 가슴이 설렌다

그녀의 뽀얗고 예쁜 발
밤새 그리워하는 이도령이 된다.

이은봉 _ 충남 공주(현, 세종시) 출생. 1984년 《창작과비평》 신작시집 〈마침내 시인이여〉를 통해 등단. 시집으로 〈내 몸에는 달이 살고 있다〉 〈책바위〉 〈첫눈 아침〉 〈걸레옷을 입은 구름〉 〈봄바람, 은여우〉 등. 현재 세종인문학연구소 회장, 광주대 명예교수.

소금시
발

이
재
무

발을 씻으며

늦은 밤 집으로 돌아와 발을 씻는다
발가락 사이 하루치의 모욕과 수치가
둥둥 물 위에 떠오른다
마음이 끄는 대로 움직였던 발이
마음 꾸짖는 것을 듣는다
싱식 가야 한 곳 가지 못하고
가지 말아야 할 곳 기웃거린
하루의 소모를 발은 불평하는 것이다
그렇다 지난 날 나는 지나치게 발을 혹사시켰다
집착이란 참으로 형벌과 같은 것이다
마음의 텅 빈 구멍 탓으로
발의 수고에는 등한했던 것이다
나의 모든 비리를 기억하고 있는 발은 이제
마음을 버리고 싶은가 보다
걸핏하면 넘어져 마음 상하게 한다
늦은 밤 집으로 돌아와 발을 씻으며
부은 발등의 불만 안쓰럽게 쓰다듬는다

이재무 _ 1983년 《삶의문학》과 《실천문학》 그리고 《문학과사회》 등에 시를 발표하면서 등단. 시집 《섣달 그믐》 《위대한 식사》 《푸른 고집》 《경쾌한 유랑》 《슬픔에게 무릎을 꿇다》 등. 난고문학상, 편운문학상, 윤동주상, 소월시문학상 등 수상.

젖은 신발

이
정
록

아이들 운동화는
대문 옆 담장 위에 말려야지.
우리 집에 막 발을 내딛는
첫 햇살로 말려야지.

어른들 신발은 지붕에 올려놔야지.
개가 물어가지만 않으면 되니까.
높고 험한 데로 밥벌이하러 나가야 하니까.

어릴 적, 할머니께서 가르쳐주셨지.
북망산천 가까운 사랑방 툇마루에
당신은, 당신 흰 고무신을 말리셨지.

노을빛에 말리셨지.
어둔 저승길, 미리 넘어져보는 거야.
달빛에 엎어놓으셨지.
저물어도 거둬들이지 않으셨지.

마지막은 다 밤길이야.
젖은 신발이 고꾸라져 있었지.

이정록 _ 충남 홍성 홍동 출생. 1993년 동아일보 신춘문예 등단. 시집으로 〈동심언어사전〉 〈아버지학교〉 〈어머니학교〉 〈정말〉 〈의자〉 〈제비꽃 여인숙〉 〈풋사과의 주름살〉 〈벌레의 집은 아늑하다〉 등. 동시집으로 〈지구의 맛〉 〈저 많이 컸죠〉 〈콧구멍만 바쁘다〉와 청소년시집 〈까짓것〉이 있음. 박재삼문학상, 윤동주문학대상, 김달진문학상, 김수영문학상 수상.

소금시
발

이
정
오

발

연말에 파헤친 도로
해가 바뀌어도 울퉁불퉁해

야식의 슬픈 목적지 저만치 있는데
인도 중간에 심어진
가로수가 길어가
가로등이 걸어가

그들을 피해 가는 길
땅속으로 허공으로
발이
또 익숙해지고 있어

가슴 가득한
외로움 무너져
궁핍함에 갇혀버리면 안돼

발은 희망이잖아
무너지지 않게 버텨야 하는

발은 우리의 모든 것이잖아
우주의 날개

이정오 _ 아주대 영어영문학과 졸. 2010년 《문장》 신인상 등단. 시집으로 〈달에서 여자 냄새가 난다〉가 있음.

장작 지게

헛간 옆에 세워둔 빈 지게 하나
눈 내리고 비바람 분다고
어느 하루 멈출 수는 없는 일
어스름 지는 해를 바라보며 나선 길
밝아오는 달빛 마중하며 걸어가면 닿는 거리
대관령 신 깊은 송안골 골바람 부는 골짜기
멀리 떨어진 조 진사네 문중 산 위
눈 덮인 산속의 절벽
바람마저 직립으로 서는 곳에서
쩌정쩌정 밤 도끼 소리는 멈추지 않고
해거름 막걸리 한 사발 다 꺼지고 허기지면
되짚어 돌아오는 밤 산길 부엉이 소리

잠시 몸 녹인 첫새벽 막살이 집
눈길에 새로운 흔적 깊이 새기며 가는 길
갈라진 발뒤꿈치에 눈이 물이 되어 녹아 흘러도
새로운 삶의 방향을 돌아볼 수 없는 세월
동해바다가 훤히 보이는 언덕길에 잠시 쉬어가려
뜨거운 열기 올라오는 쇠똥 무덤에 기대면
집 나설 때 들려준 누룽지 한 조각 입에 넣고
우물우물하다 보면 온기에 깜빡 여우잠이 들고

한 번 지고 일어서면 작은 산이 움직이는 듯
평생을 아까워서 담배 한 번 입에 대지 못하고
영진 바닷가에서 순개울을 지나가는 길
경꾜호를 끼고 돌이도 나뭇짐은 팔리지 않고
국밥 한 그릇 말지 못한 바닷길은 벌써 이십 리
싸개만 사더는 사람들로 걸이 걸이 안목 바다까지
삼 십리 길 이제 더 이상은 갈 곳이 없다.
풀어내려야 할 짐을 더 끌고 가지 못하고
어물들하고 물물로 바꾸어 나뭇짐을 풀면
새벽부터 발걸음으로 헐거워진 하루를 촘촘히 기워도
가난한 배고픔의 시간은 여며지지가 않고

지금도 휘영청 밝은 달빛에 술 한 잔 드시지 못하고
지게 작대기만 두드리시며 돌아오시던 아버지의
반가운 발자국소리 들려올 것 같아
문 열면 바람만 휑하니 지나가는
아버지의 어물 걸린 장작 지게

이종완 _ 경기 포천 출생. 2004년 《한국문인》 등단. 《생활문학》 《한맥문학》 시조 부문 신인상. 월간 《스토리문학》 동시 부문
신인상. 생활문학 작품상. 강릉문성고등학교 교사.

내 발소리

이
태
수

한밤, 꿈을 깨어서도 눈을 감은 채
그 희미한 장면 속으로 들다 말다 한다
그 숲길에는 이름 모를 작은 새들이
알 수 없는 소리로 지저귀고
이름 모를 꽃들이 형형색색으로
피어나고 지기도 한 것 같고
숲만 저 홀로 술렁거리던 것도 같다
하지만 그 모든 장면들은 너무 희미하다
분명한 것은 누군가 발소리를 내고
그 발소리가 바로 내가 나에게로 향하던
그런 소리거나 바람소리였던 것 같고
먼 길을 정처도 없이 떠도는
순례자의 발소리이던 것도 같다
그 장면 속으로 들다 말다가
다시 꿈속으로 미끄러져드는가 하면
내 발소리가 들리다 말다 멎기도 한다
내가 나에게 연신 말을 건네면서,

이태수 _ 1974년 《현대문학》 등단. 시집으로 〈거울이 나를 본다〉 〈따뜻한 적막〉 〈침묵의 결〉 〈침묵의 푸른 이랑〉 〈회화나무 그늘〉 〈이슬방울 또는 얼음꽃〉 〈내 마음의 풍란〉 〈그의 집은 둥글다〉 등 14권. 대구시 문화상, 동서문학상, 한국가톨릭문학상, 천상병시문학상 등 수상.

발

이
화
주

의자 너
발이 네 개씩이나 있으면서
왜 꼼짝도 안 하니?
공도 차고
달리기도 하렴.

응
내 발은
공차고
달리기한
누군가의 발을 쉬게 하는 발인걸.

이화주 _ 1982년 강원일보 신춘문예와 《아동문학평론》으로 문단에 나옴. 동시집으로 〈내 별 잘 있나요〉 외 다수. 한국아동문학상, 윤석중문학상 수상. 현 초등학교 국어 교과서에 동시 〈풀밭을 걸을 땐〉이 실려 있음.

소금시
발

가벼운 것이 그리운

임
동
윤

눈 내린 고향집 마당에서
참새 떼가 푸른 아침을 물고 한참을 놀다 갔다
눈향나무에 이는 은물결 햇살을 맘껏 주워 먹다가
아무도 밟지 않은 눈밭에 수없이 많은 발자국을 찍어주고
갔다

혹한과 바람 속을 견뎌온 저 말간 발들, 수십 번 오갔을 텐
데 눈밭은 오히려 솜사탕처럼 부풀어있었다 막 문을 여는 꽃
봉오리처럼, 그것은 희고 순결한 눈밭에 검푸른 점 하나 남기
지 않으려고 적게 먹고 날개의 부력을 한껏 높인 탓이다 어느
것 하나 다치지 않게 제 몸의 무게를 줄인 탓이다

어쩌면 새는, 누군가를 짓뭉개는 일은 몰랐을 것이다 아니,
알고도 버렸을 것이다 저마다 자리를 독점하기 위해 눈 붉히
며 몸집을 불리는 그대들과는 애초부터 생각이 달랐을 것이다
어깨마다 걸린 무거운 짐이 저 순결한 눈밭에 검고 깊은 자국
을 남긴다는 것을 새들은 생각조차 하기 싫었을 것이다

허허롭게 바람의 길을 가는 가랑잎과는 달리
쌓이는 눈덩이에 스스로 몸 흔들어 무게를 줄이는 나무와
는 달리
눈 내린 마당 한가운데에 무섭게 찍히는 내 발자국들
그 검게 찍히는 자국들을 어떻게 할까 고민, 고민하다 왔다

임동윤 _ 1968년 강원일보 신춘문예 등단. 시집으로 〈연어의 말〉 〈나무 아래서〉 〈따뜻한 바깥〉 〈편자의
시간〉 〈사람이 그리운 날〉 등 11권.

임
동
학

양말

양말이 두리번두리번
자기 짝을 찾는다

혼자서는 아무 데도 쓸모없으니
구멍이 날 때까지 함께 가자고 한다

자기가 왼쪽인지 오른쪽인지
그런 건 다 까먹고

오른발 왼발 상관없다고
왼쪽 오른쪽 따질 일이 없다고

서로가 서로를
동그랗게 껴안는다

임동학 _ 경북 울진 출생. 1998년 매일신문 신춘문예 동화 당선. 2015년 《시와소금》, 《어린이문학》에
작품발표로 활동 재개. 동시집으로 〈너무 짧은 소풍〉이 있음. 2018년 한국문화예술위원회 문학나눔도서
선정. 현재 경북 울진에서 초등학교 교사로 일하고 있음.

발의 끝

종점에 왔네
종점,
그다음은 어디지

......

그래, 집
집까지는 걸어가야지

혼자서
허공 걸어갈
길 끝 고향집

맨발로 탕자처럼…

임
문
혁

임문혁 _ 1983년 한국일보 신춘문예 등단. 시집으로 〈외딴 별에서〉〈이 땅에 집 한 채〉〈귀 · 눈 · 입 · 코
〉등.

임
솔
내

발의 흔적

공중부양을 꿈꿨을 때는 미안 했었다
스멀스멀 어깨에 날개 돋기를 바랬을 때도 그랬다
흙길을 걷고 있을 때 살아 있다는 걸 알았다
새깃일 때는 닿을 곳 안 닿을 곳 무턱대고 다녔지
생각이 오래 머물고 쌓이면서 한 발짝 옮기기가
부섭고 무거웠다
내어 딛을까 말까 내게 눈치가 보인다
신기루 같은 삶이 깊어지고 나서
아니, 삶이 헌 것이 될수록 더 더욱 어렵다
발길 닿았던 그곳과 멀어져야 할 때
발길 닿았던 그곳이 아득해질 때 부음처럼 서럽다
인체의 최하층에서 비밀동맹으로 나와 살았던
그 발에게 이제사 사과한다
축지법 없이 신발 타고 다니며 슬쩍 남 인생을
베끼기도 했지만 어느 날 방향을 틀어 내 안으로
뚜벅 들어서는 맨발, 마음에 소름 돋운다
생의 큰길에서 로그아웃 그때까지 두고 두고 꺼내보아야
할 발, 맨발 그 한마디에 물들어 하마터면 열심히만 살 뻔했다

임솔내 _ 1999년 《자유문학》 등단. 시집으로 《나뭇잎의 QR코드》 《아마존 그 환승역》 외. 김영랑문학상,
한국문학비평가협회상, 한국서정시문학상 등 수상. 한국시낭송총연합 회장. 문화칼럼니스트.

엄마의 발

꼬맹이가 보고 싶다는 엄마의 말끝에는
쓰레기를 버리고 편의점을 드나드는
발에 대한 그리움이 있다

무좀약 밖에 바를 줄 모르는 꼬맹이는
간병인의 향기를 내는 맨발이었다
엄마는 묵정밭에도 꽃이 핀다고 믿으셨다

더위에 꽃이 지듯 여름날에 간병인이 왔다
그녀가 편의점 보다 수백 배 큰 마트에서
한 아름 장을 보아와도
타들어 간 발톱은 피어나지 않았다
향기를 잃고 무관심 속에서 곪아
제 등치의 두 배로 자라났을 뿐

임승환 _ 2008년 《문학 · 선》 등단. 시집으로 《첨성대》 《노마드 사랑법》이 있음. 작사 가곡집으로 《사랑의 노래》 《위하여》가 있음.

소금시
발

임
양
호

발바닥

외출복을 벗으며
수상쩍은 몸 냄새를 수색한다

발바닥이다

오늘도 가장 낮은 곳에서
견뎠을 바닥

어디를 향했던지
따져 묻지 않고

꽃이라도 되는 듯
몸뚱어리 받쳐 들고

홀로 썩는

임양호 _ 2016년 《시와소금》 신인문학상 등단.

발

소금시

발

저 바위의 바닥이 바위의 발은 아닐 것이다
바위의 바닥이 발이었다면
사그락사그락 소리 내는 조약돌이 되지 않았을 것이다

저 강물의 바닥이 강물의 발은 아닐 것이다
강물의 바닥이 발이었다면
천 길 낭떠러지 폭포의 물이 되지 않았을 것이다

천사는 좋은 일에만 나타나고
악마는 나쁜 일에만 나타나는 데
그런 발을 가졌기 때문에 어쩔 수 없을 것이다

임
영
서

임영석 _ 1961년 충남 금산 출생. 1985년 《현대시조》 등단. 시집 《받아쓰기》 외 5권. 시조집 《꽃불》 외 2권. 시조선집 《고양이 걸음》과 시론집 《미래를 개척하는 시인들》이 있음. 시조세계문학상, 천상병귀천문학상 우수상 수상. 계간 《스토리문학》 부주간.

자두 맛 발

포항 호미곶에 갔어
바다에 솟아있는
커다란 손 조각상이 있었는데
손을 움켜쥔 것도 같고
편 것처럼도 보여
손의 마음에 대해 생각했어
이런 내가 멋지게 느껴졌지
그리고 웃긴 일도 있었어
아침 해가 떠오르며
조각에 서 있던
갈매기 발도 붉어지는 거야
자두사탕 맛이 날 것 같은
저 자둣빛 발들
위대한 조각도 발 받침대였나 봐
그냥 갈매기에겐

임지나 _ 2015년 《시와소금》 신인문학상 동시 당선으로 등단. 2017년 영주일보 신춘문예 시 등단. 동시집으로 《머그컵 엄마》가 있음. 시와소금 작가회, 한국 동시문학회 회원, 문학동인 Volume 회원.

장순금　장승진　장옥관　장은수

장지성　전순복　전흥규　정경해

정경화　정명순　정　미　정미영

정연희　정영숙　정원교　정이랑

정일남　정주연　조성림　조승래

조양상　조창환　조태명　조하은

주경림　진명희

장
순
금

굽

뒤꿈치 들고 허공에 고개 쳐들고 싶은 날엔 키 높이 깔창을
했다
땅이 떠받치는 바람을 굽에 올려 긴 목이 바람처럼 걸었다

굽이 허공이란 걸 알고부터
고개 시든 내 발목을 허공이 깊이 사빠뜨린 것 같아
굽을 깎아 발바닥이 지면에 가까울수록 머리에 굽을 달고
다니는 사람들이 보였다
뿔처럼 솟은 가파른 굽으로 허공을 받들며
입에 굽이 있거나 꽁무니에 굽이 달린 사람들을 호명하였다

그들은 서로의 굽에 경건하게 목례 하며 힘쓰는 뒤축을 상
장처럼 나눠 가졌다

장미꽃이 부지런히 구름의 뒤축을 닦는 빛나는 이름 뒤
날림 공사한 시집 한 권 같은 늙고 비릿한 가죽구두의 밑창
이 보였다

바람이 잠시 올려본 일회용 깔창을 날려 버렸다

장순금 _ 부산 출생. 동국대학교 문예대학원 졸업. 1985년 시 전문지 《심상》으로 등단. 시집으로 《햇빛
비타민》 《골방은 하늘과 가깝다》 등 6권. 동국문학상, 한국시문학상 수상.

발

속이 더부룩할 때마다
바닥에 엎드리시며
등 좀 밟아라, 하시던 아버지
어이, 시원하다
그래 그래 그렇게 자근자근 밟아라
세상 향해 손이 발이 되도록 빌기도 했었을 당신
살얼음판 같은 세상 어디를 밟고 다니며
한평생 살다 가셨는지요

두엄지고 산길 오르며
바닥을 단단히 디뎌야 미끄러지지 않는다 하시던
당신에게 산비탈 밭 한 뙈기는 하늘이었겠지요
너른 세상 다니며 지금도 나는 묻습니다
어디를 어떻게 다녀야 미끌어지지 않을까요
하늘을 만날까요

발에는 눈이 없지만
가끔 티눈 들어
가는 곳 보려하지요
가끔 세상일로 속이 더부룩해질 때면
난 등 밟아줄 믿음직한 발을 찾는답니다
자근자근 밟히며 어디로 가야할지
생각해보게 되지요.

장승진 _ 1990년 《심상》, 1991년 《시문학》 등단. 시집으로 〈한계령 정상까지 난 바다를 끌고 갈 수 없다〉 〈환한 사람〉이 있음. 현재 속초의 〈갈뫼〉, 춘천의 〈A4〉 〈삼악시〉 동인.

장
옥
관

오줌에 빠진 발

섹스를 남의 손 빌려 하는 사람 있을까
영화 『파리넬리』에서 주인공 카스트라토 카를로 브로스키
는 연인의 몸 뜨겁게 만들어놓고는 쌍둥이 동생 들여보내 일
을 마무리하곤 했다

남의 손을 빌려서는 안 되는 것들

밥이나 똥, 아기 낳는 일은 남의 손 빌려선 안 된다 빌려선
안 되지만 안 빌릴 수 없는 순간도 있다

멀쩡히 아침밥 잘 먹고 119에 실려 간 아내
간호사가 내게 플라스틱 통 주며 오줌을 받아라 한다 난감
한 바지 벗기고 팬티 벗기고 오줌 받는데,
얼굴 컴컴한 내일이 등 뒤에 서 있었다

나도 아내도 놀라,

아내는 받아놓은 오줌통에 그만 발을 빠트리고 말았다

장옥관 _ 1987년 《세계의문학》으로 등단. 시집으로 〈황금 연못〉 〈달과 뱀과 짧은 이야기〉 〈그 겨울 나는
북벽에서 살았다〉 등.

민달팽이 걸음걸이

민달팽이 꼬물댄다, 실도랑 물길 따라

굽은 등엔 남 다 가진 움막집도 한 채 없이

온몸에 끈적끈적한 땀내만 풍기면서

한평생 맨몸으로만 기어 기어가야 할 길

바람이 물을 밀 듯 느릿느릿 길을 연 뒤

축축한 돌판 위에서 오수라도 즐기는가

갠 날이 많을수록 따가워지는 몸맨두리

어느 길섶 바위틈에 풍장으로 스러질지라도

하늘의 깊이를 읽는다, 곧추선 더듬이로

장은수

장은수 _ 충북 보은 출생. 2003년 《현대시》 등단. 2012년 경상일보 신춘문예 시조 당선. 시조집으로 〈서울 카라반〉과 시집으로 〈전봇대가 일어서다〉 〈고추의 계절〉 등이 있음. 천강문학상 대상(시조), 한국동서문학 작품상 수상.

장
지
성

뽀드득

간밤에 내린 눈이 온 세상을 다 덮었다.
한 점 티도 없는 앞마당 과수원 길
저 순결純潔,
범하고 싶어라
송구하여
내
딛
는.

장지성 _ 충북 영동 출생. 1969년 《시조문학》 등단. 시조집 〈풍설기〉 〈겨울 평전〉 〈꽃 진 자리〉 〈외딴 과
수원〉과 시집으로 〈제목을 팽개쳐 버린 시〉 외. 이영도시조문학상, 충북문학상, 월하시조문학상, 열린시학
상 등 수상.

조그만 엄마

전
순
복

조그만 발로 엄마를 따라다녔지
바람이 솜털 같았어
엄마와 나란히 걸었어
바람이 까불거렸지

안좋안 바람에게 까불었시
엄마가 내 걸음보다 느려졌을 때
처음으로 바람이 두려웠어

어느 날 엄마가 갑자기 빨라졌어
너무 빨라 붙잡을 수가 없었어
바람이 말했어
엄마는 원래 나보다 빠른 사람이라고

발이 너무 커버린 엄마가 다시 조그만 발을 가지려면
엄마의 엄마를 따라가야 한다고

할 일이 없어진 발을 바라보던 엄마는
다시 조그만 발을 갖고 싶다며 말했어
엄마도 원래 발이 작았다면서

조그만 엄마 발에는 너무 헐렁했던 신발을 두고 가 버렸어

전순복 _ 2015년 《시와소금》 등단. 2014년 《에세이문학》 수필 등단.

직립, 직립할 수 없는

서 있는 것은 주사약과 두고 온 그림자,
여섯 개의 침상에 누운 침묵이
하나씩 고통을 들여다보는 시간과
하나씩 기쁨을 읽어내는 시간 사이를 기어간다
이곳에 누워 있어야 하는 변명이
아무리 들이다보이노 안 보이고
아무리 읽어도 안 읽히지만
자신을 들추어내는 일에는 불빛도 필요 없다
젊은이에게는 젊은 자식이 찾아오고
늙은이에게는 늙은 자식이 찾아와
누워 받는 위문은 때때로 떠들썩하지만
살려고 죽음처럼 누워 던지는 시선을
휠체어에라도 얹어 뻐걱대며 밀어보거나
이 바닥에서의 기억으로 침상을 타고 나른다
직립, 직립할 수 없는 꺾인 시간을
침상 바닥에 대신 뉘이고 일어서길
주사약 달고 밤부터 낮까지 자고 또 자며
난생처음 허공에 농지거리도 해보는
705호 병실은 침묵도 통증을 앓는다

전홍규 _ 1961년 공주 출생. 2010년 《문장21》 등단. 시집으로 〈기다리는 것은 가면서 온다〉가 있음.

손님

정
경
해

잠 안 오는 밤
쓴 커피 탓하며
어둠의 얼굴을 밀어내는데
지붕에서 소리가 났다

사부작사부작…

이른 아침
하얀빛에 홀려 문을 여니
먼 길,
하늘에서 걸어온 눈송이들
포근히 누워 쉬고 있다

밤새
지붕을 즈려밟아
꿈나라로 이끌어 주고는

꽁꽁 언 발이 시리지도 않은지
곤히 잠들어 있다

정경해 _ 충주 출생 중앙대 예술대학원 문학예술학과 졸업. 1995년 《인천문단》 신인상 시 대상. 2005
년 《문학나무》 신인상 당선 시집으로 〈가난한 아침〉 〈술항아리〉 〈미추홀 연가〉 〈선로 위 라이브 가수〉가
있음. 2016년 국민일보 신춘문예 「신발」 당선(최우수). 인천문학상. 인성수필문학상 수상.

아기 엄마 · 8 — 발

아직 남은 길을 두고 허공에 묶인 두 발
뼈에는 살이 붙고 살에는 뼈가 패여
열 가락 다 지워져 버린 마른 길을 봅니다

더 이상 걷지 말고 꽃밭에 누우세요
각실로 꽃잎같이 구신대로 봉향 같이
이제사 두 손으로 감싸 얼굴 닦듯 닦습니다

죽음의 밑자리에 눈물을 말아둔들
채비 끝낸 화석의 말, 받아쓸 수 있을까요
내 몸이 화살이라도 닿지 못할 성전입니다

정경화 _ 2001년 동아일보, 농민신문 신춘문예 당선. 시집으로 〈풀잎〉 〈시간연못〉이 있고 시선집으로 〈무무무 걸어나오고〉가 있음. 이영도문학상 신인상, 중앙시조대상 신인상 수상. 국제시조협회 사무국장, 한결동인.

발품으로 사는 거다

정
명
순

봄으로 가는 산길
땅 위로 드러난 소나무 뿌리에
아직도 잔설이 남아있다
사계절 푸르기 위해
바위를 뚫으며 밟히며
두껍게 굳은살이 박혀있다

산을 오르는 내 발은 묵묵하다
한 걸음 한 걸음 생각을 다지며
뿌리가 하는 말에 귀를 기울인다
날개를 펴보려고, 퇴화된
어깨뼈를 들먹인 시간들
진흙탕 속으로 불구덩이 속으로
두려움보다 먼저 뛰어들던
나의 가장 밑바닥,

깊게 못이 박힌 발이
날개였다는 걸 이제 알겠다
발품으로 여기까지 왔다는 것도

정명순 _ 2003년 《동강문학》으로 등단. 시집으로 〈한 개 차이〉 〈웃음으로 쏟아지는 눈물〉 〈그냥〉이 있음. 2018년 충남시인협회 작품상 수상.

두 발을 들었네

차를 밀었네, 집 앞 빙판길에서 휭휭
제자리 맴도는 차를,
베옷 곱게 차려입은 우리 엄마
내 발밑 짐칸에 차갑게 누운 차를,
장의차 운전기사가 액셀을 밟아댈 때마다
눈물 콧물 훔치면서 두 손에 온힘을 모았네
먼 길이니 어여 떠나라며 사내들이 차를 떠밀어도
얼음길 핑계 삼은 우리 엄마, 네 바퀴를 꽉 잡고 버티다
자식들 두고 이리 일찍 갈 수 없다고 발버둥 칠 때마다
눈보라 치는 밖에서 밀지도 않고 의자에 앉아서
바짝 마른 엄마를 밟지 않으려고, 두 발을 들었네
덜컹 발을 뗀 차에 쏠려 아주 세게 엄마를 밟아버렸네
운전기사가 휑하니 질긴 길을 몰아붙이자
정월 햇살이 성에 낀 차창에 살얼음판으로 깔렸네

정 미 _ 2005년 무등일보 신춘문예 시 당선. 2009년 아테나 아동문학상 대상 수상. 작품집으로 〈이대로
도 괜찮아〉〈공룡 때문이야〉〈까불이 걸스〉〈마음먹다〉와 시집으로 〈개미는 시동을 끄지 않는다〉 등이 있
음. 경기도문학상 수상. 경기재단창작지원금 수혜.

소금시
발

정
미
영

달리는 네 발

어둠을 양 갈래로 가르며 간다
천 리 길 쉼 없이 내 발을 대신해 간다
온몸을 아스팔트 바닥에 붙인 채
오체투지로 기도하며 간다

봄 물색 고운 옷 한 벌 입혀주려나?
십 년 넘도록 사시사철 단벌신사로 살아온
컴컴한 지하주차장 흐린 불빛에 젖어
바짝 야윈 몸 건져내 봄 햇살에 목욕만 해도 호사인데
꾸벅꾸벅 졸고 있는 나를 깨워
달리는 당신도 삶이 어둠이었지
같이 냅다 달려보자는데
뻥 뚫린 고속도로 미친 듯 가보자 한다

밤이슬 축축한 내 여자의 오줌이 비릿하게 지려오는데
출가시켜 준 당신께 꾸벅꾸벅 절을 해대는
작은 몸덩이 쇠종처럼 바닥에 궁글리고
끝이 없는 기도는 시간을 밟고 간다

정미영 _ 2015년 《시와소금》에 작품발표로 창작 활동 시작함.

정
연
희

고래의 회귀

대로변 철제 박스에서 날마다 고래들이 태어난다
다 낡아빠질 때까지 젖을 먹이고
뚜벅이고 계단을 오르고
출근 시긴의 세찬 물살을 가르는 포유류

문속의 벋이란 스스로 묻러서는 묻뿐이지만
고층을 오르내리는 물 밖의 고래는
물살에 반질반질 닦여져 있다

고래가 빛나는 일이란
숨쉬기 위해 잠시 표면에 떠오를 때뿐

주변의 빛나는 것들은 이미 별이거나 보석이거나
팔을 뻗기에도 아득하다
범고래로 태어나서
언젠가는 귀신고래가 되는 포식의 역사

물 밖에서야 제대로 숨 쉬는 고래
잘 길들여진 발들이 나란히 잠수 중이다

수선공의 까맣게 절여진 검지와 중지 사이로
날마다 짓다 허무는 고래 등 같은 집
손끝에서는 수십 마리의 고래가 깨어난다

정연희 _ 전남 보성출생 2017년 전북일보, 농민일보 신춘문예 등단. 경기문화재단 문화예술 창작기금
수혜

푸른 별, 나의 물독

잉카인들이 하늘의 별자리를 지상에 옮겨놓는다 오늘 밤 내
별자리를 내가 디딘 발밑에서 본다 물독에 철철 흘러넘치는
따듯한 물들을 본다 밑바닥에 눌어붙어 떨어지지 않던 태생이
슬픔인 눈물, 어디에 스며들었는지 보이지 않는다 피멍 든, 굳
은살 박인 발 씻으며 눈 밝은 물이 말갛게 넘쳐흐른다 내 곁
을 맴돌며 인 사부라기로 발독을 닦아주던, 평생 내 발바가시
에 푸른 나뭇잎 띄어주던 어여쁜 새 한 마리 내 머리 위를 날
고 있다

발자국 잘못 디딜까 잠시도 눈 붙이지 못하고 하늘에 떠 있
는 저 푸른 별, 나의 어머니

정영숙

정영숙(鄭英淑) _ 1993년 시집으로 등단. 시집으로 〈볼레로, 장미빛 문장〉 〈황금 서랍 읽는 법〉 〈옹딘느
의 집〉 〈물속의 사원〉 등이 있음. 목포문학상, 시인들이 뽑는 시인상, 경북일보 문학대전상 수상.

정
원
교

발에게 물어보다

삼월 첫날 잔설이 남아 있는 덕유산
향적봉에서 중봉으로 오르는 길
땅속 깊은 곳에서부터 걸어온 봄기운
멀리서 걸어왔을 봄의 발가락을 만져본다
잔설이 녹아 질척거리는 길
발집 잡혀 발깅거리는 이른 봄의 발
그 위에서 내 발은 자주 엉켜 비틀거린다
힘들어하는 발에게 물어본다
발의 눈치를 보는 일이 많아졌다

산등성이를 성큼성큼 붉은 해 다 떠오르고
그 아래로 검은 바다가 펼쳐진다
전에 없던 미세먼지 말 그대로 고해苦海의 바다
저 검은 바다 해일처럼 몰려와
어느새 포위하는 적들의 새까만 발 발 발
어디서부터 걸어왔을까
저것들의 발이 궁금하다

정원교 _ 강릉 출생 2000년 강원일보 신춘문예 등단. 시집으로 〈풍경 하나로 따스한〉 〈담장에 널린 바다〉가 있음. 강원여성문학 작가상 및 강릉문학작가상 수상. 강원문인협회, 강원여성문학인회, 강릉문인협회, 관동문학회 회원 시문학동인 열린시 회원.

툭, 밟았어요

정
이
랑

그 사람은 나를 알지 못해요
나도 그 사람을 만난 적은 없어요
같은 버스를 탔을 뿐이지요
그런 그가 툭, 발을 밟았어요
여기에 왜 있는지 생각중인 나의 발을,
생면부지인 그가 밟은 이유는 무엇일까요
사람들은, 가끔 누군가가 그립지요
나도 당신도
툭, 타인의 삶을 밟은 적 있지 않나요?

정이랑 _ 1997년 《문학사상》 등단. 시집으로 〈떡갈나무 잎들이 길을 흔들고〉 〈버스정류소 앉아 기다리고 있는〉 〈청어〉 가 있음.

정
일
남

발바닥

만남과 이별이 발을 땅에 딛고 이뤄진다
게이를 찬성하는 정부도 생겼고
나는 해변의 몽돌 밭을 맨발로 거닐며
해방감에 자유의 삶을 즐긴다
발바닥에 느껴지는 감촉이 감미롭고
파도에 젖는 발등은 간지럽다
발목에 감기는 물의 목걸이 물꽃 피고
가죽구두에 실린 발뒤꿈치의 먼 여정
포구에 닿으니 게이들이 몰려든다
소라껍데기만 남고 소라의 발은 어디 갔나
그늘 발바닥은 볕을 볼 낯이 없다

정일남 _ 강원 삼척 출생. 1970년 조선일보(시조)와 1980년 《현대문학》(시) 등단. 시집으로 〈어느 갱 속에서〉〈꿈길〉〈훈장〉〈봄들에서〉 외 다수.

떠나지 못한 발

남편이 세상 떠난 지 이젠 이십여 년이 지났는데
아직도 머물러 떠나지 못한
한 켤레의 군용 워커 속에 그의 두 발이 남아 있다

내가 유품을 정리하며 버리려다
별로 신은 적이 없는 등산용 새 워커는 남겨 두기로 했다
현관 입구 베란다에 내 장화 두 켤레와 나란히
이 집에는 남자가 있다는 표시로 두어
떠나지 못한 남편의 두 발

내가 세상 뜨기 전까지는
가까이 있겠노라는 무언의 약속을 깨지 않고 있는데
내 안전을 위해 밤에도 낮에도
삼복염천이나 혹한의 겨울에도
현관문 옆에 붙박이 수문장이 되어
계절 따라 귀뚜라미의 집이 되기도 거미가 이사와 알을 키우
기도 하는
시간의 무게에 침묵으로 굳어 가는 보이지 않는 두 발

어젯밤 꿈결에 이제 그만 떠나도 좋다고 전했는데
아침에 일어나 현관문을 열자
황사 옷을 잔뜩 입은 워커 속에 묵묵히 숨긴 발이 보였다
이제 그만 떠나도 된다고도 안 된다고도 할 수 없는
우유부단한 내 마음의 슬픈 그늘 속엔
첫눈 내린 마당을 밟고 떠난 이의 발자국이 선명히 찍혀 있다

정주연

정주연 _ 2001년 평화신문 신춘문예 등단. 시집 〈그리워하는 사람들만이〉 〈하늘 시간표에 때가 이르면〉
〈선인장 화분 속의 사랑〉 〈붉은 나무〉가 있음.

조
성
림

발에게

돌아보면,
내가 너무나 먼
밤과 낮을 걸어왔구나
너무나 먼 아지랑이,
구절양장…
이 오식에서 시 구절까지,
너무 형이하학이라 책하지 말라
내 영혼도 네 등에 실려
바람같이 살았으니
그 어느 것 하나
한 몸 아닌 것 있겠는가
저 식물성의 소눈같이
어디 한 번 불평도 없이,
너와 나 이제 허청허청
노을 봇짐 등에 지고
그저 설핏 오는
노래나 지으며

조성림 _ 2001년 《문학세계》 신인상 등단. 시집으로 〈지상의 편지〉 〈세월 정류장〉 〈겨울 노래〉 〈천안행〉 〈눈보라 속을 걸어가는 악기〉 〈붉은 가슴〉 〈그늘의 기원〉이 있음. 2018년 한국문화예술위원회 문학나눔 〈그늘의 기원〉 도서선정.

빈 족적足跡

오실 때 맨발
가실 때 삼베신발

그거 하나는 사양 못 하시고
신고 가셨지

굳은살 무디도록
다닌 많은 길 위에

허공의 새처럼
발자국 하나도 없이

빈 가슴 속 대를 이을
그리움만 남기시고

조승래 _ 경남 함안 출생. 2010년 《시와시학》 신춘문예 당선으로 등단. 시집으로 〈몽고 조랑말〉 〈내 생
의 워낭소리〉 〈타지 않는 점〉 〈하오의 숲〉 〈칭다오 잔교 위〉가 있음. 한국타이어 상무와 단국대 겸임교수
(경영학 박사) 역임. 현재 씨앤씨 와이드(주) 대표.

조
양
상

세족례洗足禮

발을 씻겨 주고 싶다
발자국 따라나서고 싶다

사랑은 형상기억합금처럼
가슴에 상형문자 족적을 새기는 일

세상살이는 발자국 남기기
하느님도 결국은 발자취 감식꾼이더라

당신이 거꾸로 신을지라도,
매일 씻겨 꽃신 신겨 주고 싶어 울었다

걸음걸음 나를 보듬어 온 인연이라
쓸쓸한 족적 더듬는 일이 그리움이더라

어머니도 그대도 맨발로
출가했다, 출소해 돌아온 내게 달려 나왔듯

예수님, 부처님, 당신도 죄다
서로의 십문칠 되어 주는 사제더라

조양상 _ 충남 광천 출생. 경남대학교 행정대학원 졸업(석사). 2017년 《시와소금》 신인상 등단. 시집 《연꽃에게》와 수필집 《보람찬 옥포만》이 있음. 한국백혈병소아암협회 창립 및 사무총장 역임. 충남시인협회, 곰솔문학회(편집국장), 거제문인협회 회원. 시와소금 운영위원.

늙은 곰

조
창
환

늙은 곰이 제 발바닥을 핥는다
볕 좋은 날, 나무 그늘에 앉아 지성으로 핥는다.

이미 충분히 부드럽고 말랑말랑하건만
더 말랑말랑해지라고, 더 녹아지라고

술 좋아하는 늙은이가 빈 청주 잔을 핥듯이
깨끗이 핥는다

오래 오래, 정성껏
한 점 아쉬움 남지 않도록 핥는다

늙은 곰이 저토록 지성으로 제 몸 핥는 것은
부드럽게 해야 할 것이 다만 제 발바닥뿐이기 때문이다

조창환 _ 1973년 《현대시학》으로 등단. 시집으로 〈허공으로의 도약〉 〈벚나무 아래, 키스자국〉 〈마네킹과
천사〉 〈수도원 가는 길〉 〈피보다 붉은 오후〉 외 다수. 편운문학상, 한국시협상, 한국가톨릭문학상, 경기도
문화상 등 수상. 현재 아주대학교 명예교수.

소금시
발

조
태
명

발뿌리

영혼을 담은 질그릇 받침
허공에 기대 바닥을 다지는 역사役事의 궤적

선사시대를 질러온 샘 줄기
별꽃 바람에도 출렁이고
용출하는 오욕汚辱

구원받지 못할 존재로 낙인찍힌 자
엿 같은 저 썩어 문드러질 ㅅㄲ
명예를 송두리째 회쳐먹고
10발 ㅅㅐㄱㄱㅣ로 활자화 된

혀뿌리의 반격
시방세 개세야 종자 색끼야

전자발찌에 채워지는 씨=발

비로소 거세되는 저 음흉의 뿌리

조태명 _ 서울 출생. 2018년 《시와소금》 신인상 등단. 행정학 박사. 현재 용인문학회 회원.

시간의 다큐

소금시
발

긴 시간 말을 걸어오지 않던 뼈들이
말을 건네는 아침
둥근 통 안에서 뼈들의 이력은 낱낱이 기록된다
닳고
구부러지고
떨어져 나간
한 생의 흔적이 고스란하다

빈둥거리지 않은 뼈를
의사 선생의 책상 위로 초대하고 나서야
심상찮던 시간을 한가로이 바라본다

뼈와 뼈 사이 그 좁은 공간
채울 수 없는 것을 채우기 위해
우리는 오늘도 어딘가를 지나고 있지
속절없이 허기가 진다

지친 뼈들을 쓰다듬으며
비로소 맑아지는 푸른 기억

조
하
은

조하은 _ 2015년 《시에티카》 등단.

주
경
림

호박벌 되기

호박벌이 비비추 꽃송이 바로 위에서
등을 구부린 자세로 여섯 개의 발을 비빈다
묻혀온 노란 꽃가루들을
삐죽 나온 암술머리에 다 내려놓고 나서야
들어와도 좋다고 겹겹의 꽃잎 문이 열린다
호박벌이 꽃송이 안으로 들어가 몸을 축인다
근심 걱정거리와 가진 것 모두 내려놓고
납작 엎드려야
극락전의 부처님이 천만 번에 한 번쯤 돌아보실까
그런데, 나는 저렇게
발이 손이 되도록 빌어 본 적이 있는가

주경림 _ 1992년 《자유문학》 등단. 시집으로 《씨줄과날줄》 《눈잣나무》 《풀꽃우주》가 있음. 문학과창작
작품상 수상.

소금시
발

할아버지의 영토

진
명
희

겨우내 언 땅이
봄볕에 녹을라치면
할아버지께서는 으레
어린 손자들을 앞세워
우리 땅을 밟아보자고 하셨다

여기서 저어기까지
일곱 살 박이 어린 눈엔
하늘보다 더 넓었던 땅,
아직 찬바람 맴도는 누런 땅을
밟자고 하셨다

그때마다 두 발은
가녀린 체중을 쏟아
땅바닥에 발자국을 남기며
삼손보다 더 센 힘으로
밟고 또 밟았다

본 적이 없는 조상님들의
숨결을 느끼며
할아버지, 아버지의
발을 떠 올리며
발자국을 쉼 없이 찍어댔다

진명희 _ 2000년 《조선문학》 등단. 시집으로 〈여정〉 외 4권. 충남문화예술상, 매헌문학상 및 작품상 다수 수상. 현재 충남시인협회 감사.

시와소금작가회 회원가입 안내

《시와소금》은 날마다 식탁에 오르는 소금 같은 시와 시인을 독자에게 소개하는 계간 시전문지입니다.

이 시대의 서정이 살아있는 시, 젊고 새로운 시를 발굴하고 소개하는 소통의 문예지에 동참하실 분들을 찾습니다.

■ 회원 특전

· 등단하신 분은 작품 발표할 기회를 드립니다.

· 본지 출판사인 《시와소금》을 통해 책 발간 시 혜택을 드립니다.

· 본지에서 발행한 도서를 구입할 시 40% 할인혜택을 드립니다.

· 본지에서 주관하는 모든 행사에 주빈으로 정중히 초대합니다.

· 신입회원은 입회비 포함 250,000원,기존회원은 매년 200,000원입니다.

■ 회원 가입방법

· 국민은행 : 231401-04-145670 (임세한)

· 송금 후 연락전화 : 033-251-1195, 010-5211-1195

· 전자주소 : sisogum@hanmail.net 로 책 받으실 주소를 알려주십시오.

■ 기타사항

· 사무실 가까이에 계신 분들은 직접 찾아오셔도 좋습니다.

· 정회원 회비를 보내주시면, 회원카드를 보내드립니다.

· 033-251-1195, 010-5211-1195로 전화주시면 자세히 안내해드립니다.

· 발행 : 강원도 춘천시 충혼길 20번길 4, 시와소금 (우 24436)
· 편집 : 서울시 중구 퇴계로50길 43-7 (우 04618)
· ☎ (033)251-1195, 010-5211-1195 / sisogum@hanmail.net

채재순 최금녀 최문자 최숙자

최순섭 최영철 최자원 최정란

최현순 하두자 한명희 한성희

한이나 허 림 허문영 허 석

허형만 현종길 홍사성 홍진기

황미라 황상순

발바닥이 아프다

주치의는 힘겨운 산행을 했거나
마라톤 선수에게 흔히 나타나는
증세라고 했다

쉬는 것은 세상에 지는 것이라고
우기대던 내가 보인다
할 일 없이 앉아 있는 걸
용납하지 못한 어제의 독기가
염증으로 진행된 것

민들레꽃이 서서히 피었다가
바람의 갈피 타고 허공으로 흩어지는 걸
놓치고 살아온 걸음걸이가 문제였다고
이제는 잠시 멈춰
제비꽃, 갓 눈을 뜬 나비에게 마음 줘 보라고
발바닥이 힘주어 말하고 있는 것

채재순 _ 강원 원주 출생. 1994년 《시문학》 등단. 시집으로 〈복사꽃소금〉 외 3권. 강원문학작가상 수상.
현재 양양 한남초등학교 교장.

잠속의 발

한 번도 신어본 적 없는 것을 신었다
그의 두 발이 거실에 있고
내 발 한 쪽이 다용도실에서 땀을 흘린다
그의 발은 차고도 남아
나에게 흙을 넣고 그 위를 걸어다닌다
나의 발은 아직 덜 자라서
모래밭에서 걸어신다
덜 자란 발과
차고 넘친 발이 쓴 사랑시들을
모조리 태워버리는 밤
그는 잠속에서 내 긴 발을 잘라낸다

반창고를 붙이고 잠드는 발
100 가지의 문수와
100 가지의 색깔이 현관에 엉켜있다
한 번도 신어보지 못한 것을 신고
로봇 걸음걸이로.

최금녀 _ 1998년 《문예운동》 등단. 시집으로 〈바람에게 밥 사주고 싶다〉 외 6권. 시선집으로 〈한 줄, 혹은 두 줄〉 〈최금녀의 시와 시세계〉가 있음. 펜문학상, 현대시인상, 한국여성문학상, 미네르바작품상 수상. (사)한국여성문학인회 이사장 역임.

발

어제

개 한 마리를 잃어버렸습니다

함부로 웃다 우뚝 서보니 개가 없었습니다

그리고 그날 밤

발이 네 개나 달리는 개가 되는 악몽을 꿨습니다

개와 내가 뒤집히는 꿈

목덜미에 줄을 매고 개에게 끌려 가고 있었습니다

개였던 짤막짤막한 흔적들을 이으면 나도 길다랗고 살찐 개

였습니다

사람의 수분이 술술 다 빠져나가

먼 발치에서 봐도 개가 되기에 충분한 수치심이 있습니다

개가 되지 않으려고 여러 번 깨어났습니다

아직도 그냥 못 놔주는 목줄

여러 사람이 쥐고 있습니다

늦은 오후

털을 적시며 시인들에게 가고 있습니다

냄새와 네 개의 발에 은밀해지지 말자

꿈 속까지 떠도는 개들과

우리는 시 한 편을 같이 읽을 수 없는 사이

함부로 웃다가 서로 잃어버리는 사이

무수한 개들의 발을 헤치며 창백한 내게로 가고 있습니다

최문자 _ 1982년 《현대문학》 등단. 시집으로 〈귀 안에 슬픈 말 있네〉 〈나는 시선 밖의 일부이다〉 〈나무
고아원〉 〈울음소리 작아지다〉 〈그녀는 믿는 버릇이 있다〉 〈사과 사이사이 새〉 〈파의 목소리〉 등. 한성기문
학상, 박두진문학상, 한국여성문학상 등 수상. 협성대학교 총장 역임. 현재 배제대학교 석좌교수 재직 중

신발을 벗고

천계산 아래 비나리길 내려와
풀꽃 같은 여자들이 반겨주는
발 마사지 방에 들었다

하늘을 건너온 발이
까마득한 땅에서 걸음 멈추고
버선 속 바음노 내려놓는다

돌부리에 채고 굳은살 박혀도
뚜벅이처럼 묵묵히 걸어온 발
난생처음 호사에
봄날 노루귀처럼 환하게 피어난다
길 따라 나선 초승달
엉금엉금 곁에 와 눕는다

막무가내 내 달리던
천년의 바람도 내려놓고

최
숙
자

최숙자 _ 2004년 《문학마을》 신인상으로 등단. 시집으로 〈내가 강을 건너는 동안〉이 있음. 강원문인협
회, 관동문학회, 강원여성문학인회, 양양문학회 회원.

최
순
섭

아버지의 발

집 근처 공사장에서 일하시는 아버지가
한낮에 절룩절룩 발을 들고 오셨다
군살 배긴 아버지의 발은 못에 찔려도 피가 나오지 않았다
덧나지 않게 피를 빼야 한다고 망치로 발바닥을 두드렸다
오장육부를 관통한 일용할 양식
못 구멍에서 아버지의 빈 수레가 흘러나왔다
아버지는 못 구멍에 호랑이기름 쓱 분지르고
절룩거리며 공사장으로 나가셨다

최순섭 _ 대전광역시 출생. 1978년 〈시밭〉 동인으로 작품활동 시작. 시집으로 〈말똥.말똥〉 등이 있음.
(현)환경신문 에코데일리 문화부장. 경기대, 동국대, 이화여대 평생교육원 출강. 한국가톨릭독서아카데미
상임위원.

발바닥은 외롭다

그는 아직도 세상에 공개되지 않았다 인류공영을 향해 던져진 그만의 봉사 정신, 불굴의 박애와 살신성인은 한 번도 매스컴을 타 본 적 없다 그 흔한 감사장과 촌지 한번 없이 그는 그만의 의로운 세상을 묵묵히 살아가고 있다 세간에 떠도는 평판은 근거 없는 악성 루머 뿐, 대개는 '더러운'이나 '냄새나는'으로 시작하여 잘해봐야 '건방진' '재수없는' 등등의 혹평으로 묵살되고 말았다 이 세상 단지 나만이 그의 쓸쓸함을 안다 고매한 인품으로 업적은 숨기시고 비난의 소리는 무엇이든 마다치 않으시는 그 됨됨이 익히 안다 모든 서열의 제일 나중되심을 자청하시며 특혜와 이권에서 제외되어 얼굴을 숙이시는 그 도량 나만이 안다 그에게는 아직 중앙 일간지의 인터뷰 요청이 없었다 그의 공덕은 돌이나 나무에도 새겨지지 않았다 그는 무좀이나 습진 따위를 즐거이 불러들여 나와 아픔을 나누어 갖는 외롭고 의로운 자, 이루 다 헤아릴 수 없는 그의 미담들은 자신의 뜻에 따라 아직 세상에 공개되지 않았다.

최영철 _ 1986년 한국일보 신춘문예 등단. 시집으로 〈말라간다 날아간다 흩어진다〉 〈돌돌〉 〈금정산을 보냈다〉 〈찔러본다〉 〈호루라기〉 〈그림자 호수〉 〈일광욕하는 가구〉 육필시선집 〈엉겅퀴〉 외. 백석문학상, 이형기문학상, 최계락문학상 등 수상.

최
자
원

발자국

휘청 이는 마음에 슬쩍 발을 넣고
중심을 잡아보려 했으나
기어이 흔들리고야 마는
마음에게 묻는다

당신에게 다가가려는 발걸음은 어떤 마음이어야 하는지

흰 눈 위에
사박사박 박힌
발자국이 대답한다

그저, 다가가려는 마음이면 되었다고
그거면 충분하다고

최자원 _ 2016년 《시와소금》 상반기 신인상 당선으로 등단.

인어의 택배상자 · 2

최
정
란

　상자 안에서 상반신 물고기 가면이 나오네 사람의 다리 물고기 얼굴 그리고 물음표 변신주문은 어디에 쓰여있을까 포춘쿠키의 미완성 문장이 묻네 다시 벨이 울리고, 물고기 상반신이 화들짝 놀라네 물큰한 복숭아 한 상자가 도착하다니 복사꽃도 미처 다 지지 않았는데 조개껍질로 가릴 만큼 복숭아가 자라자면 스무 밤은 더 자야할 텐데 이 복숭아는 왜 이렇게 멍들고 상처투성이일까 한 과수원에 꽃피어도 제 몫의 칼날 위를 맨발로 걷는 나날들은 제각각, 한 번도 세상의 바다를 떠돌아 본 저 없는 복숭아나무 하반신에 피가 흐르네 주문한 대로 배달되지 않는 날들 반복되네

최정란 _ 경북 상주 출생. 계명대학원 문예창작학과 졸업. 2003년 국제신문 신춘문예 등단. 시집으로 〈장미키스〉 외 3권. 시산맥 작품상 수상. 2017년 세종도서문학나눔 선정.

최
현
순

맨발의 이사도라

네가 꿈꾸었듯이 꿈을 꾸었다. 쪽빛 바다, 태양이 작열하는 지중해의 꿈을. 진주조개잡이 요트에 구릿빛 몸으로 걸터앉아 음모를 꿈꾸는 영화 속 주인공처럼. '태양은 가득히' 트럼펫 소리가 카세트 테잎이 늘어지도록 마루에 뒹굴며 그해 여름을 보냈다. 아내는 아직 꽃답고 아이들은 말끔히 씻어 놓은 순무 같던 휴가철이었다. 몇몇 여름들이 가고 늙은 조르바가 크레타섬에서 격렬한 춤을 추던 그 석엔 나의 맨발은 신방 사뢰밭 근처 논바닥을 딛고 있었다. 어린 모가 돛처럼 순풍에 너울대고 맨발도 대지와 함께 따라 춤을 추었다. 긴 여름들은 소낙비처럼 지나가 버리고 그 여름들을 잊지 못한 채 나는 어리석게도 늦여름 뜰에 홀로 남아 고개 숙인 해바라기 마냥 그렇게 서 있었던 것이다

최현순 _ 2002년 《창조문학》 등단. 시집으로 《두미리 가는 길》 《아버지의 만보기》가 있음. 현재 춘천의 삼악시, 수향시 회원. 풀무문학회 회장. 춘천문인협회 회장.

발목 증후근

하
두
자

어디서 만났지?
우리는 균형을 맞추어야 하는 나란한 사이
안과 밖의 경계를,
껍질과 속살의 차이를 짚어야 하는 사이
뒤축이 가벼워진 이동식의 거리였나
너의 심장은 고요하고
어제처럼 우리가 차가웠던 날
발을 헛짚어
뒤돌아 본 그림자가 길어진 정거장은
멀리 더 멀리
새들이 몰고 다니는 구름의 목마름
다가간 만큼의 너의 발자국을 세는 일은
발목을 돌릴 때만큼 뻐근했다
커브를 돌 때 마다 나를 기다리는 건
뒤바뀌는 자리마다 고이는 그늘
너는 문지방을 넘어 통증으로 건너온다
우리는 한 번 헤어졌을 뿐인데

하두자 _ 1998년 《심상》 등단. 시집으로 〈물수제비 뜨는 호수〉 〈물의 집에 들다〉 〈불안에게 들키다〉 외 다수.

한
명
희

이방인

똑바로 걸어왔다고 생각했는데
어느 날 눈을 떠보니
마흔 살 나는 전혀 엉뚱한 곳에 와 있었다
엉뚱한 곳에서 이방인의 말을 하고 있었다

아무도 나를 통역해 주지 않았다

한명희 _ 1992년 《시와시학》 등단. 시집으로 〈두 번 쓸쓸한 전화〉 〈내 몸 위로 용암이 흘러갔다〉 〈꽃뱀〉 등. 시와시학 젊은시인상 수상. 현재, 강원대학교 영상문화학과 교수.

낯선 체위

한
성
희

　가장 무거운 돌이 몸에서 빠져나간 듯 발이 가벼워졌다 발등의 달빛이 닳고 닳은 신발이 허공을 껴안고 숲길로 빠져나갔다

　빙하기 기억처럼 발바닥을 떠도는 안개 삶과 죽음 사이에서 발톱들이 으께 지고 나뭇가지에서 발을 뗀 새들이 어두워졌다

　누군가 맨발의 흔적도 나무 위에 군림하는 바람도 바닥의 발자국도 침묵으로 가득했다

　죽음보다 먼저 해빙기를 거쳐 그 순수의 세계로 무중력의 너머 너머로 발끝이 뻗었다

　발목을 잃어버린 것처럼 바람이 불었고 삭망을 지난 듯 나무들 경련을 터뜨리며 붉은 살점을 비볐다

　까마귀 우는 공중에 그녀의 체위가 흰 뼈를 드러냈다 살아서 가닿지 않은 자리 몸에 남아있던 달빛이 발바닥을 뚫고 나왔다 바닥에서 여자의 발이 지폐처럼 반짝였다

한성희 _ 2009년 《시평》 신인상 당선으로 등단. 시집으로 《푸른숲우체국장》이 있음. 아르코문학상 수상.

한
이
나

걷는 독서

바람이 부드러운 해거름 무렵
나는 걷는 독서를 한다
히잡을 쓴 열다섯 살 소녀 누비아가 되어

낭나귀에게 풀을 먹이며
밀밭 사이로 얇고 깊게 스며든다

낭송하는 소리들이 경치를 이룬다
흙의 향기와 밀의 수런거림과 새의 지저귐이

책에서 줄 맞춰 뛰어나온다
하루의 끝을 짚으며

나를 밀어내고 들어앉은 남이 나로 바뀔 때까지
무거운 책 속의 다른 길을

걷고 또 걷는다
내 몸의 아픔도 잊고 밀밭 사이로 걷는 독서,

나는 나다
저 진흙 세상에서 마악 빠져나온,

* 박노해의 사진전을 보고

한이나 _ 1994년 《현대시학》으로 작품 활동 시작. 시집으로 《능엄경 밖으로 사흘 가출》 《유리자화상》
《첩첩단풍 속》 외 2권. 한국시문학상, 서울문예상 대상, 내륙문학상, 2016년 세종도서 문학나눔 선정.

발에 얼음이 들었다

허

림

후동고개 넘어 학교 가는 길
누가 앞서갔다 누나가 그 발자국을 밟고 가고
큰형도 작은형도 밟고 갔다 다리가 짧은 나는
눈에 빠지지 않으려고 기를 쓰고 갔다
신발에 눈이 들어가 양말이 젖고
발이 얼었다
발갛게 든 얼음
저녁마다 찬물에 발을 담가 얼음을 뺐다
끝까지 가시처럼 박힌 얼음
여직까지 무좀으로 남았다
겨울과 여름 번갈아
얼었다가 무좀으로 번지며
남모르게 피가 나도록 긁고 또 긁고
저녁이면 마늘 대궁 삶은 물에
식초에 지렁이를 녹인 몰에 담그며
한 사람의 몸 온전히 세웠다
어디 발 내밀어 보여준 적 있던가
누군가는 숨어서 발이 되곤 한다

허 림 _ 1988년 강원일보 신춘문예 당선으로 등단. 시집으로 〈말 주머니〉〈거기, 내면〉 외 여러 권이 있으며, 홍천기행집으로 〈홍천강 400리 물길을 따라〉가 있음.

허
문
영

그 꽃을 지르밟고

내 몸 밑바닥에
돌덩이처럼 배겨버린 살

나를 지탱하다
맨살이 딱딱해졌다

밑바닥에
애틋한 말씀이 박혔다

내 몸 가장 낮은 곳에 핀
화석이다

굳은살이 은근슬쩍
아픈 이야기꽃을 피운다

그 꽃을 지르밟고
오늘도 걷는다

허문영 _ 1989년 《시대문학》 등단. 시집으로 〈왕버들나무 고아원〉 등 다섯 권. 시선집으로 〈시의 감옥에 갇히다〉와 산문집 〈네 곁에 내가 있다〉 〈생명을 문화로 읽다〉 〈예술 속의 약학〉 등이 있음. 춘천문인협회 회장 역임. 현 표현시 동인, A4 동인, 강원대학교 약학대학 교수, 《시와소금》 편집위원.

어머니의 발

내다 버린 구멍 난 양말이거나
찢어진 장화 속에 감춰진 오래된 유산
직립을 위한 그 작은 발은
꽃버선과는 거리가 먼
한여름 흙투성이 맨살에
푸른 선을 긋는 발등의 실핏줄

가시밭길에 상처 나고
짓눌린 삶에 오체투지로
직진도 모르는 풋내 나는 궁핍
발 없는 뱀처럼
헐렁한 곡선으로 길을 여는,
바닥이면서도 뿌리인
그 발

곱다

허

석

허 석 _ 2012년 《문학세계》 등단. 국민일보 신춘문예 신앙시와 백교문학상 등 수상. 전북일보 신춘문예
수필 당선.

허
형
만

발을 씻겨준다

밤늦게 들어와
두 발을 씻겨준다.
오늘 하루
눈도 코도 입도 귀도 수고했지만,
특히 두 발의 수고는 참으로 고마워서
따뜻한 물로 정성껏 씻겨준다.
오늘 아무도
동행하느라 애썼다고,
이미 날이 어두워진 지 오래니
편히 쉬라고.

허형만 _ 1973년 《월간문학》 등단. 시집으로 〈영혼의 눈〉〈불타는 얼음〉〈황홀〉 외 다수가 있음.

발

소금시
발

현
종
길

한 생을 짜낸 베틀, 나의 베틀 우주
그 우주에 암호같이 그려진 지도를 본다
상처가 깊은 나무가 티눈 옹이로 무늬를 이루고
작은 비늘들이 모여 나를 세웠다
태엽이 풀려 돌아가는 초침처럼
맥박보다 더 빨리 뛰기도 했던 시간들
그 시간의 강을 뜨겁게 건너왔지

낮은 밑바닥에서 밑바닥으로 강을 건너듯
날아오를 수 없는 열 개의 발가락 날개를 파닥이며
한 사람을 세우려 툭툭 터지고 찢겨서
온몸 부서져 내리는 소리를 내는구나
이백삼십 밀리 작은 나의 우주가 지친 듯
헐거워진 채 푸른 독을 흘리는구나
아슬아슬 지구를 타는 나의 발, 나의 우주

현종길 _ 2013년 《문장21》 신인상 등단. 시집으로 〈한 알의 포도가 풀무를 돌린다〉가 있음. 국제PEN클럽. 강원여성문학인회 회원. 현재 삼악시 동인회 회장.

발바닥에 대한 예의

홍
사
성

맨 밑바닥이라고 무시하지 마세요

발뒤꿈치만도 못하다는 말 함부로 하지마세요

아무리 구척장사라도 발바닥 아니면 일어설 수 없지요

상처 난 발바닥에 약 바르다 한마디 들은 말입니다

홍사성 _ 2007년 《시와시학》으로 등단. 시집 〈내년에 사는 법〉 〈고마운 아침〉이 있음.

미음완보微吟緩步

홍
진
기

오늘 하루 산을 읊으러 숲을 제쳐 길 나서네

발등이 부은 채로
바람 불러 앞세우고

구름 밖
만리를 가면
낯단 거기 떠 있을까

작은 새 풀 섶에 노는 고 발갛게 익은 발등

나도 하나 새가 되어
이리 깊이 산에 들어

돌샘에
발을 담그니
영락없는 풀새 되네

홍진기 _ 1979년 《현대문학》(시), 1980년 《시조문학》(시조) 등단. 작품집으로 〈무늬〉 〈거울〉 〈빈 잔〉 〈낙엽을 쓸며〉 등 8권. 조연현문학상, 경남문학상, 시조시학상, 경남시조문학상, 성파시조문학상 등 수상. 한국문협, 국제펜한국본부, 한국시조시협 등 자문. 오늘의시조시인회의 중앙자문위원. 현대시협, 가락문학회, 포에지창원, 경남문원 등 고문.

황
미
라

길

우연히 비구니와 마주쳤다

하얗게 밀어버린 머리가 햇살에 눈부시다

머리칼이 이렇게 힘 센 줄 몰랐다

세상이 몽땅 내 머리카락 끝에 매달려 있다

빡빡머리, 나비처럼 참 가볍겠다 싶은데

바랑 하나 짊어지고 산문으로 들어가는

그녀의 발밑에도 진득진득 달라붙는 것이 있다

중력이 부리는 저 인연, 꾹꾹 발자국 깊다

황미라 _ 1989년 《심상》 등단. 시집으로 〈빈잔〉 〈두꺼비집〉 〈스풍나무는 사랑을 했네〉 〈털모자가 있는 여름〉이 있음. 시화집으로 〈달콤한 여우비〉가 있음. 현재 표현시 동인.

발가락양말

황
상
순

발싸개 같은,
에이, 거지발싸개 같은
눈 뜨고 밖을 나서면
거지발싸개를 늘 입에 달고 다니던 그가
정권이 바뀌고 나서 어찌어찌 군의원이 되었다
야무지게 발가락양말을 신은 그가 일어나
좋은 세상!
당선 사축 신배사를 외쳤다
졸지에 거지발싸개를 두르게 된 우리는
아름다운 세상!
모두 한목소리로 화답했다.

황상순 _ 1999년 《시문학》 등단. 시집으로 〈어름치 사랑〉 〈사과벌레의 여행〉 〈농담〉 〈오래된 약속〉 등이
있음. 2002, 2007년 문예진흥기금 수혜. 한국시문학상 수상.

강영환 시집

『붉은 색들』

책펴냄열린시 | 값 10,000원

강영환_경남 산청 출생. 1977년 동아일보 신춘문예 시 「공중의 꽃」으로 등단. 1979년 《현대문학》 시 천료. 1980년 동아일보 신춘문예 시조 「남해」 당선. 시집 《칼잠》 《집산 푸른 잿빛》 《출렁이는 상처》 《붉은색들》 외 다수. 시조집 《모자아래》 외. 이주홍문학상, 부산작가상, 부산시인상 등 수상. 현, 도서출판 《책펴냄열린시》 대표.

　　강영환 시인이 시를 7줄 안에 소화하는 '7줄 시'를 내놓았다. 7줄의 시 안에 시상을 담기 위해 시어를 갈고, 또 갈았다. 사람의 감정과 노년의 시선에서 바라본 삶, 그리고 사회의 부조리를 향한 날 선 비판까지 모두 7줄 안에 녹아들었다. 농익은 시어로 시를 감상할 여유가 없는 현대인… 그래서 생각해낸 것이 짧은 시다. 시의 몰입도는 더욱 높아졌고, 여운은 더 잔잔히 오래 간다.

– 국제신문, (김현주 · 2017.10.10)

　　1977년 등단한 이래 부산의 대표적인 시인으로 자리매김한 강영환 시인. 언제부턴가 말이 많아져 반성하고 싶었다던 그가 새로운 시도에 나섰다. 이른바 '짧은 시'다. 바쁜 일상에 마음의 여유가 넉넉하지 못한 현대인들에게 잠시 숨 돌릴 틈을 주려는, 언제 어디서든 부담 없이 읽을 수 있는 시를 내놓으려는 시인이 끊임없이 고민한 결과물이다.

– 부산일보, (윤여진 · 2017.10.11)

■ 도서출판 책펴냄열린시 | 부산광역시 중구 동광길 11, 203호 | ☎ 010-4236-3648

황금알 시인선 · 178

구재기 시집
『휘어진 가지』

2018년 신석초 문학상 수상 시집

구재기 시인은 충남 서천 출생으로 1978년 《현대시학》으로 등단했다. 대전에서의 만 6년을 제외하고는 줄곧 홍성과 서천의 농촌에서 살았다. 40여 년의 교직에 복무하면서 2010년 고등학교 교감으로 명예퇴직한 후, 지금은 충남 서천의 고향집을 리모델링한 〈蒜艾齋〉에서 야생화를 가꾸며 살고 있다. 시집으로 〈갈대밭에 갔었네〉〈공존〉〈흔적〉 등과 시선집 〈구름은 무게를 버리며 간다〉 등이 있다. 금번 수상 시집 〈휘어진 가지〉는 스무 번째 시집이다. 충남도문화상, 시예술본상, 충남시협본상 등을 수상했으며, 한국문협 충남지회장 및 충남시인협회장을 역임했다.

　구재기의 이번 시집에 담긴 시편들은 서로 다르거나 상반된 요소들이 어울리거나 부딪치는 관계 속에서 생겨나는 리듬감을 표현해내고 있다. 그것들은 고요함과 소란스러움의 관계이며, 수평과 수직의 방향 속에서 어울리는 관계이기도 하고, 자연과 문명의 맞서는 관계로 표현되는 요소들이기도 하다.

　그것들의 관계는 서로 다른 풀꽃들의 어울림을 닮아서 "가슴과 가슴으로/ 통성명을 하면서/ 저마다의 빛과 향을 나눈다". 노래가 시를 지향해온 정량 음악의 양식을 이제는 시가 노래를 지향하는 정량 시학의 양식으로 전화하는 구재기의 작업도 그러한 풀꽃들의 어울림을 표현해내고 있다.

　　　　　　　　　　　　　　　　　— 이경호(문학평론가), 「작품해설」에서

• 03088 서울시 종로구 이화장2길 29–3, 104호 / ☎(02)2275–9171/ 팩스 (02)2275–9172
• 전자주소 : tibet21@hanmail.net / 홈페이지 : http://goldegg21.com

시와소금 시인선 · 099

소금시 - 밭

ⓒ소금시집발간위원회, 2019. printed in seoul, korea

초판 1쇄 발행 2019년 4월 30일

지 은 이 소금시집발간위원회
펴 낸 이 임세한
책임편집 박해림
디 자 인 유재미 싱시은

펴낸곳 시와소금
출판등록 2014년 1월 28일 제424호
발행 강원도 춘천시 충혼길 20번길 4호 (우 24436)
편집 서울시 중구 퇴계로50길 43-7 (우 04618)
전자우편 sisogum@hanmail.net
팩스겸용 033-251-1195, 010-5211-1195

ISBN 979-11-86550-87-8 03810

값 15,000원

송금계좌 : 국민은행 231401-04-145670